KJB

Thomas Christos heißt eigentlich Christos Yiannopoulos und wurde 1957 in Patras, Griechenland, geboren. Nach dem Studium hat er Drehbücher fürs Fernsehen geschrieben. Heute lebt er in Düsseldorf und erfindet am liebsten Geschichten.

Barbara Scholz, geboren 1969 in Herford, machte zunächst eine Ausbildung zur Druckvorlagenherstellerin. Im Anschluss studierte sie Graphik an der Fachhochschule Münster. Seit 1999 ist sie freiberuflich als Illustratorin für verschiedene Kinderbuchverlage tätig.

Weitere Informationen, auch zu E-Book-Ausgaben, gibt es bei *www.blubberfisch.de* und *www.fischerverlage.de*

Thomas Christos

Orbis Abenteuer

Ein kleiner Roboter lässt es scheppern

Mit farbigen Bildern
von Barbara Scholz

KJB

Erschienen bei FISCHER KJB

© S. Fischer Verlag GmbH, Frankfurt am Main 2014
Umschlaggestaltung: bilekjaeger, Stuttgart
unter Verwendung einer Illustration von Barbara Scholz
Satz: Pinkuin Satz und Datentechnik, Berlin
Druck und Bindung: Druckerei Theiss GmbH, St. Stefan im Levanthal
Printed in Austria
ISBN 978-3-596-85665-7

Für R2Linos, D2Sophie & Data-Nikos

Orbilog

Orbi war der klügste Roboter der Welt. Deswegen wollten seine Erfinder ihn in den Weltraum schicken. Dort sollte er fremde Planeten erforschen. Aber Orbi war nicht nur klug, er war auch freundlich! Er wollte viel lieber nützliche Dinge tun, als alleine im Weltraum herumzufliegen. Deswegen war er aus der Roboterfabrik ausgebüxt. Aber Orbi fand zwei neue Freunde, die ihn versteckten: Frederike und Linus. Mit ihnen erlebte er einige Abenteuer. Die drei brachten auch die zwei Gauner Eddy und Kralle zur Strecke, doch am Ende wollte Orbi die Welt entdecken und anderen Menschen und auch Tieren helfen. Er baute einen Orbikopter und ging auf große Fahrt. Nicht ohne seinen Freunden Linus und Frederike zu versprechen, sie bald wieder zu besuchen.

1 Rettung in letzter Sekunde!

Orbi war zwar schlauer als jedes Lexikon und konnte jede Rechenaufgabe lösen, aber *eine* Frage konnte auch er nicht beantworten: »Was soll Orbi Linus nur zum Geburtstag schenken?«, fragte er sich, während er seinen Orbikopter über die Alpen steuerte. Der Orbikopter war eine Flugmaschine, die Orbi selbst erfunden hatte. Er war aus alten Dingen zusammengebaut, die er in einem Schuppen gefunden hatte. Eine alte Badewanne war dabei, ein verrostetes Moped, eine verstopfte Trompete und noch viel mehr Gerümpel. Nun war Orbi auf dem Weg zu seinem Freund Linus, der am nächsten Tag Geburtstag hatte. Es sollte ein Überraschungsbesuch werden!

Vielleicht könnte Orbi ein Geschenk erfinden? Eine Kinderzimmer-Aufräum-Maschine? Linus räumte ja nicht gerne auf! Oder einen Kein-Krachmach-Wecker? Linus mochte es überhaupt nicht, wenn morgens der Wecker klingelt!
Während Orbi nun hin und her überlegte, was er Linus schenken sollte, zog ein starker Sturm auf. Der Orbikopter schaukelte wie ein Nussschale auf hoher See. Aber das machte Orbi nichts aus, weil Roboter

zum Glück
nicht seekrank
werden.
Außerdem
machte Orbi
das Gewackele
Spaß. Während
er den Orbikopter
geschickt um eine
Bergspitze steuerte,
sah er etwas Seltsames
auf dem Felsen unter ihm.
»Das muss Orbi sich
genauer ansehen!«,
sagte Orbi und flog näher an den Berg heran.
Um besser sehen zu können, schaltete er sein
eingebautes Fernglas ein.
»Das ist ja ein kleines Murmeltier! Es braucht
Hilfe!«
Orbi hatte richtig gesehen: ein kleines
Murmeltier stand einsam und verlassen auf
dem Felsen und hatte fürchterliche Angst.
Es zitterte am ganzen Körper.

Plötzlich bröckelte ein Stück des Felsens ab, und der putzige Kerl rutschte auf den Abgrund zu!

Als Orbi das sah, gab er Vollgas. Der Orbikopter schoss wie eine Rakete los! Es gab ein lautes *Bäng!,* als der Orbikopter gegen den Felsen prallte und eine Bruchlandung machte. Aber das war Orbi egal, denn es gelang ihm in allerletzter Sekunde, das Murmeltier aufzufangen und zu retten!

»Bei Orbi bist du sicher! Wir warten, bis der Sturm vorbei ist, dann zeigt er dir den Weg zurück zu deinen Freunden!«, beruhigte Orbi das kleine Murmeltier, das ihn mit großen Augen ansah. »Wie heißt du denn?«, fragte Orbi und streichelte dem Kleinen über das weiche Fell.

»Ich heiße Murmel! Du bist aber lieb, Orbi!«, sagte das kleine Murmeltier in der Murmeltiersprache. Orbi verstand es sofort, weil er jede Sprache verstand.

»Bist du ein Mensch?«, fragte Murmel Orbi.

»Orbi ist ein Roboter!«, antwortete Orbi, und dann erzählte er seine Geschichte und dass er auf dem Weg zum Geburtstag seines Freundes Linus war.

»Schade, dass dein Orbikopter kaputtgegangen ist!«, sagte Murmel.

»Orbi ist darüber nicht traurig, weil er Murmel gerettet hat!«, stellte Orbi klar.

»Aber jetzt kommst du nicht rechtzeitig zu Linus' Geburtstag!«, sagte Murmel.

»Das stimmt! Orbi muss den Orbikopter reparieren. Aber das ist nicht einfach. Wie soll er hier Ersatzteile finden?«

Ersatzteile brauchte Orbi dringend, weil durch den Aufprall viele wichtige Orbikopterteile kaputtgegangen waren. Die Kurbel der Kaffeemühle war zerbrochen, die Trompete zerbeult und die Fahrradkette verknotet.

2   Linus hat Geburtstag

Endlich war es so weit: Linus hatte Geburtstag! »Herzlichen Glückwunsch zum Geburtstag!«, rief seine Mama und überreichte ihm schon am Morgen sein Geburtstagsgeschenk! Auch in der Schule ließ man ihn hochleben.
Trotzdem hatte Linus keine gute Laune, als er nach der Schule mit seiner besten Freundin Frederike in seinem Zimmer saß. Er vermisste seinen Freund Orbi.
»Es wäre so schön, wenn er heute hier wäre!«, sagte Linus traurig.
»Orbi wird schon kommen! Er hat uns bestimmt nicht vergessen!«, tröstete Frederike ihren Freund.
»Weißt du noch, wie er mit uns die beiden Diebe Eddy und Kralle zur Strecke gebracht hat?«, fragte Linus.

»Na klar!«, sagte Frederike
Plötzlich fiel ihr etwas ein: »Ich hab dir ja noch gar nicht dein Geschenk gegeben!«
Und dann gab sie Linus ein Paket, das sie vor der Tür abgestellt hatte.
»Danke!«, rief Linus und packte das Geschenk neugierig aus. »Das ist ja ein Spielzeugroboter!«, rief er überrascht. Der Roboter war kleiner als Orbi, hatte einen viereckigen Kopf und war ganz aus Blech.
»Als kleiner Trost, solange Orbi nicht hier ist!«, sagte Frederike.
»Er ist zum Aufziehen!«, stellte Linus fest, als er den Roboter untersuchte.
»Schau nur, wie freundlich er aussieht!«, sagte Frederike. Und sie hatte recht. Der kleine Roboter hatte lustige Augen und lachte übers ganze Gesicht.
»Weißt du was? Wir gehen raus in den Park und spielen mit ihm!«, sagte Linus, und Frederike war froh, dass ihr Freund wieder gute Laune hatte. Schnell liefen beide zum Spielplatz im Park.

Nicht weit von den Schaukeln und der großen
Rutsche war ein Weiher. Dort drehten die
Enten ihre Runden und wunderten sich über
die kleine Blechfigur, die Linus auf den Boden
stellte und aufzog.
»Mal sehen, wie er läuft!«, sagte Linus und
ließ den kleinen Roboter los. Dann setzte
sich Linus mit Frederike auf die Schaukel und

beobachtete, wie der kleine Roboter losmarschierte. Dabei bewegte er immer seinen Kopf und seine Hände.

»Ist der süß! Wir müssen ihm einen Namen geben!«, rief Frederike.

»Wie findest du *Robi*?«

»Robi ist gut!«, sagte Frederike.

Während die beiden Robi zusahen, fiel Linus etwas ein.

»Hier war ich auch schon mit Orbi! Er hat mir geholfen, als mir eine total fiese Bande mein Fahrrad geklaut hat!«, erinnerte er sich.

»Ups! Meinst du etwa die vier da?«, fragte Frederike, als sie vier Jugendliche sah, die plötzlich auftauchten.

Nun sah auch Linus das Quartett. Ja, das war die Bande: Boris, Zacki, Ulf und Arkan. Sie hielten sich für die Allerstärksten – das lag aber

vor allem daran, dass die Angeber sich nur mit jüngeren und kleineren Kindern anlegten.
»Wir gehen lieber. Mit den Typen ist nicht zu spaßen!«, sagte Linus zu Frederike. Er hatte nicht vergessen, dass die vier ihn damals in die Brennnesseln geworfen hatten.
Doch Frederike dachte nicht daran, das Feld zu räumen:
»Von wegen! Der Spielplatz ist für alle da!«, sagte Frederike mutig und hielt Linus zurück. Aber da waren die vier großen Jungs ganz anderer Ansicht.
»Hey, ihr beiden! Zieht Leine! Das sind unsere Schaukeln!«, rief Boris, der Anführer. Dabei grinste er und zeigte seine schiefen Zähne. Die drei anderen machten es ihm nach und grinsten ebenfalls frech.
»Ihr solltet mal zum Zahnarzt, da kriegt ihr bestimmt Mengenrabatt!«, sagte Frederike frech.
»Normalerweise tun wir Mädchen nichts, aber bei dir machen wir eine Ausnahme!«, sagte Boris gönnerhaft und gab den anderen Jungs

ein Zeichen. Die sprangen auf die Schaukel und schubsten Linus und Frederike auf den Boden.

»Ach nee, was haben wir denn da?«, fragte Arkan, als er Robi entdeckte. Der kleine Roboter stand auf der Wiese und wartete darauf, aufgezogen zu werden. Boris hob ihn neugierig auf.

»Lass Robi los!«, rief Linus mutig und wollte Boris den Roboter aus der Hand nehmen. Doch hatte er die Rechnung ohne Zacki gemacht, der ihm von hinten ein Bein stellte. Linus flog hin und tat sich am Knie weh. Sofort half Frederike ihrem Freund wieder auf die Beine.

»Hast du dir weh getan?«, fragte sie besorgt. Den frechen Jungs war es egal, wie es Linus ging. Sie interessierten sich jetzt nur für den kleinen Roboter mit dem fröhlichen Gesicht.

»Hat jemand eine Idee, was man mit der Blechkiste alles machen kann?«, fragte Ulf in die Runde.

»Noch nie was von Roboter-Weitwurf gehört?!«, fragte Arkan, schnappte sich Robi und warf ihn einfach in den Weiher. Seine Kumpane fanden das total lustig, doch Linus und Frederike konnten darüber überhaupt nicht lachen:

»Ihr seid gemein!«, riefen sie und liefen zum Weiher, um den kleinen Roboter zu suchen.

»Ich hab ihn!«, sagte Frederike und fischte Robi aus dem Wasser. O weh! Arme und Beine des kleinen Roboters hingen schief in den Blechgelenken. Und was noch schlimmer war: Robis Kopf war total eingedrückt. Der arme Kerl lachte nicht mehr.

»Wie eine zerbeulte Colabüchse. Vielleicht kriegt ihr Dosenpfand dafür!«, grölte Boris, und die anderen lachten mit. Mittlerweile hatten es sich die vier auf den Schaukeln bequem gemacht und taten so, als ob sie die Könige des Spielplatzes wären.

»Denen würde ich es gerne mal zeigen!«, sagte Frederike wütend.

»Bloß nicht! Lass uns lieber gehen!«, sagte Linus, und zusammen traten sie den Rückzug an.

»Und merkt euch! Die Schaukeln gehören uns!«, rief Zacki beiden hinterher.

»Sonst gibt es Prügel satt!«, drohte Boris.

Den ganzen Heimweg über sagten Linus und Frederike kein Wort. »Wenn nur Orbi hier wäre! Der würde es diesen Idioten richtig zeigen!«, meinte Frederike irgendwann.

»Das war ein richtig blöder Geburtstag!«, sagte Linus und schaute zu Robi, der ganz traurig aussah.

In der Nacht hatten Frederike und Linus den gleichen Traum. Sie träumten davon, dass Orbi da wäre und der blöden Bande eine Lektion erteilen würde.

3   Orbi ist wieder da!

Nachdem Orbi den kleinen Murmel gerettet hatte, wollte er schnellstens zu Linus und Frederike fliegen. Doch zuerst musste er den Orbikopter reparieren.
»Orbi braucht Draht, um das Gröbste zu reparieren! Aber wo soll er das hier in den Bergen besorgen?«, rief er und überlegte hin und her, was er machen sollte.
Er war zwar ein technisches Genie, aber zaubern konnte er auch nicht. Da kam ihm Murmel zu Hilfe. Er kannte eine Stelle im Fels, an der Bergsteiger ein langes Seil zurückgelassen hatten.
»Danke schön, Murmel! Seil ist fast so gut wie Draht«, sagte Orbi.
»Orbi, kannst du das auch gebrauchen?«, fragte Murmel und zeigte dem Roboter

eine leere Plastikflasche und eine zerrissene Zeltplane.

»Die Menschen lassen hier oben oft ihren Müll zurück!«, erklärte Murmel.

»Das ist zwar sehr ärgerlich, aber Orbi kann die Sachen gut gebrauchen!«, meinte Orbi.

Er ersetzte mit der Plastikflasche die zerbeulte Trompete, flickte geschickt die gerissene Fahrradkette. Die Zeltplane diente als Regenschutz. Bald war der Orbikopter wieder flugbereit.

Am nächsten Morgen war die Zeit des Abschieds gekommen. Murmel bedankte sich noch einmal, und dann lagen sich die beiden in den Armen!

»Auf Wiedersehen!«, rief Orbi seinem Freund zu und verschwand mit dem Orbikopter in den Wolken.

»Voraussichtliche Landezeit bei Linus ist 17:33 Uhr!«, rechnete der schlaue Roboter wenig später aus. Da der reparierte Motor einwandfrei arbeitete und der Orbikopter Rückenwind hatte, würde es flott vorangehen.

Der Flug verlief ohne nennenswerte Zwischenfälle, und ein paar Stunden später war es so weit! Orbi landete pünktlich um 17:33 Uhr auf dem Dach von Linus' Haus. Er kletterte geschickt die Regenrinne runter, bis er am Fenster von Linus' Zimmer ankam. Ganz deutlich konnte er Linus und Frederike auf dem Boden sitzen sehen. Sie schauten traurig aus.
»Manno! Der arme Robi. Wenn Orbi dabei gewesen wäre, wäre das nicht passiert!«, klagte Linus und schaute dabei auf den kleinen Robi, der ganz schön demoliert aussah.
»Ich vermisse ihn auch! Aber er wird bestimmt wiederkommen!«, tröstete Frederike ihren Freund. Da hörten sie ein Klopfen am Fenster, und was sahen sie? Orbi winkte ihnen lachend zu! War das eine Fata Morgana? Nein, es war

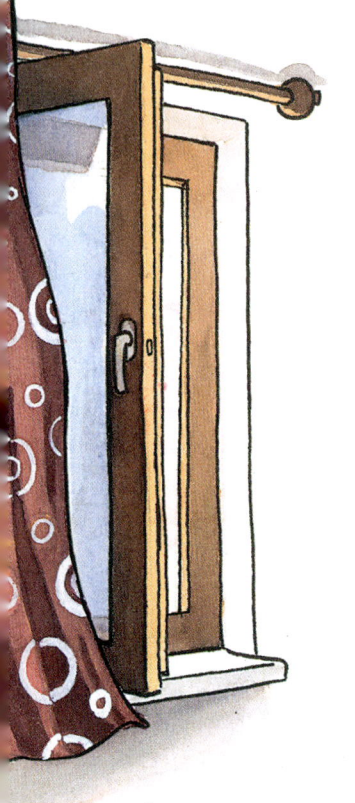

24

wirklich Orbi, der durch das Fenster ins Kinderzimmer kletterte!
»Orbi ist glücklich, seine besten Freunde wiederzusehen!«, rief er und umarmte Linus und Frederike, die sich riesig freuten. Orbi musste ihnen natürlich erzählen, was er in der Zwischenzeit alles erlebt hatte. Und seine Freunde hörten aufmerksam zu.
»Es tut Orbi leid, dass er zu Linus' Geburtstag nicht hier sein konnte!«, entschuldigte der kleine Roboter sich.

»Kein Problem! Ich hätte Murmel an deiner Stelle auch gerettet!«, sagte Linus und fügte dann traurig hinzu: »Trotzdem war gestern der blödeste Geburtstag meines Lebens!«

Frederike erzählte, was ihnen im Park passiert war, und zeigte Orbi den zerbeulten Spielzeugroboter.

»Keine Sorge, Orbi wird alle Probleme lösen!«, beruhigte Orbi seine Freunde. »Zuerst kümmert er sich um die frechen Jugendlichen! Die vier haben leider nichts dazugelernt. Aber Orbi hat viel Geduld und wird ihnen noch eine Lektion erteilen. Und danach wird Orbi Robi helfen! Alles wird gut!«

»Wir müssen uns noch überlegen, wo wir dich verstecken können, Orbi! Wie wäre es mit der Gartenlaube meiner Oma?«, fragte Frederike, und alle waren einverstanden. Gesagt, getan. Zehn Minuten später waren die drei Freunde im Gartenhäuschen. Da Orbi mit dem Orbikopter flog, war er etwas schneller als die beiden Freunde mit ihren Fahrrädern.

»Hast du eine Idee, wie wir es den

Blödmännern zeigen können?«, wollte Linus ungeduldig wissen, als Orbi den Orbikopter geparkt hatte.

»Die vier denken also, dass die Schaukel ihnen gehört?«, fragte Orbi noch einmal nach.

»Ja! Dabei sind die viel zu alt für den Spielplatz!«, sagte Frederike.

»Orbi hat genug gehört! Er hat einen Plan!« Welchen Plan, verriet er aber nicht. Stattdessen ging er in den Schuppen hinter dem Gartenhaus, wo sich allerlei alter Krempel befand. Ein kaputtes Radio, eine verrostete Waschmaschine, eine alte Waage, ein halber Schaukelstuhl und, und, und. Die meisten Menschen hätten zu den Sachen Gerümpel und Sperrmüll gesagt. Für Orbi, den genialen Erfinder, war es eine Schatzgrube.

»Was willst du bauen, Orbi?«, fragte Frederike neugierig.

»Eine ABBW!«, antwortete Orbi.

»Was ist eine ABBW?«, wollte Linus wissen.

»Eine Anti-Blödmann-Banden-Waffe!«, erklärte Orbi und schob eine alte Waschmaschine

herbei. Linus und Frederike schauten sich erstaunt an. Was hatte der Roboter vor? In diesem Moment klingelte Linus' Handy.
»Hallo, Mama! Ich spiele gerade mit Frederike! Oh, ich habe vergessen, auf die Uhr zu schauen! Ja, ich komme jetzt nach Hause!«, sagte Linus und legte auf. Es war Zeit fürs Abendessen.
»Dann muss ich auch heim!«, rief Frederike. Die Zeit war mit Orbi wie im Flug vergangen.
»Orbi wird hierbleiben und sich was Schönes für die Blödmannbande einfallen lassen«, sagte Orbi und lachte listig.
Linus und Frederike verabschiedeten sich und waren ganz schön neugierig auf die ABBW. Orbi seinerseits spuckte in seine Roboterhände und legte los.
»Miau, miau!«, hörte er plötzlich. Die dicke Nachbarkatze Lola hatte ihn entdeckt und machte einen Buckel.
»Orbi kann dir jetzt leider keine Milch geben!«, sagte Orbi, der keine Zeit für Lola hatte. Er wollte mit seiner Arbeit in dieser Nacht noch fertig werden. Er nahm ein altes Wasserrohr

und sägte es in vier gleich lange Stücke. Danach baute er aus einem alten Musikverstärker, einer Waschmaschine, vielen Schrauben, Nägeln und Drähten vier kleine Düsenmotoren. Kurz nach Mitternacht war seine Anti-Blödmann-Banden-Waffe fertig. Sie bestand aus vier kurzen Rohren mit eingebauten Düsenmotoren. Orbi packte alles in einen kleinen Karton und transportierte ihn mit dem Orbikopter zum Spielplatz.

4 Weltrekord im Schaukelweitsprung

Was hatte sich Orbi ausgedacht, um den vier Angebern eins auszuwischen? Linus und Frederike waren sehr gespannt auf den Plan ihres Freundes. So gespannt, dass sie in der Schule nichts anderes im Kopf hatten. Sie waren total froh, als der Unterricht zu Ende war und sie zu Orbi fahren konnten. Leider rückte Orbi nicht sofort mit der Sprache raus.
»Orbi wird mit euch zum Spielplatz gehen. Dort wird er alles erklären!«, sagte der Roboter geheimnisvoll.
Um nicht entdeckt zu werden, konnte Orbi am Tag nicht mit dem Orbikopter fliegen. Deshalb fuhren Linus und Frederike ihn mit dem Fahrradanhänger zum Spielplatz. Dort

angekommen, versteckten die drei Freunde sich im Gebüsch.

»Nun erzähl uns doch endlich, was du vorhast, Orbi!«

Linus und Frederike platzten fast vor Neugierde.

»Die ABBWs sind unter den Schaukelbrettern angebracht! Orbi kann sie mit der Fernbedienung steuern!«, erklärte Orbi mit Blick auf die Schaukeln.

»Wozu sind die ABBWs gut?«, fragte Linus aufgeregt.

»Passt auf … !«, flüsterte Orbi. Seine Freunde spitzten die Ohren und hörten ihrem Freund genau zu, wie er seinen Plan erklärte.

Eine halbe Stunde später kamen die vier großen Jungs an! Sie marschierten auf den Spielplatz, als wären sie die Könige von Deutschland. Für die passende Musik sorgte Boris mit seinem Handy. Das machte größeren Lärm als ein Presslufthammer! Die anderen Kinder auf dem Spielplatz suchten schnell das Weite, weil sie Angst vor der Bande hatten.

Und die Enten tauchten ihre Köpfe ins Wasser, weil sie den Anblick der vier nicht ertragen konnten. Nur Linus und Frederike taten so, als ob ihnen die Blödmann-Bande egal wäre. Sie saßen auf der Schaukel und erzählten sich Witze. Natürlich hatte Orbi von seinem Versteck im Gebüsch alles im Blick.
»Seht ihr auch das, was ich sehe? Die beiden Würmer von gestern haben unsere Schaukeln besetzt!«, rief Boris erstaunt. Er konnte es nicht fassen, dass Linus und Frederike sich das trauten.
»Vielleicht ticken die beiden nicht richtig«, sagte Zacki und machte den Scheibenwischer vor der Stirn.
»Ja, dann … Ich kenne da eine gute Medizin!«, brüllte Boris und rieb sich die Hände.
»Entweder ihr macht euch sofort vom Acker, oder wir schenken euch ein paar blaue Flecken!«, drohte Zacki und knirschte gefährlich mit den Zähnen.
Die Enten, die alles vom Weiher aus beobachteten, schlugen aufgeregt mit den

Flügeln. »Warum laufen die Kinder nicht weg? Sie werden doch verprügelt!«, schnatterten sie.

»Wir zählen bis drei! Wenn ihr nicht sofort die Fliege macht, landet ihr bei den Enten im Weiher!«, drohte Boris und grinste wie ein Haifisch mit Zahnlücken.

»Aber ihr seid doch viel zu groß für die Schaukel!«, sagte Frederike mit ruhiger Stimme.

»Verpisst euch, keiner vermisst euch!«, brüllte Zacki.

»Entspannt euch!«, sagte Linus.

»Weißt du was, Linus? Die sind doch viel zu schwer, um richtig schaukeln zu können!«, sagte Frederike.

»Genau! Die kommen doch gar nicht richtig in Schwung!«, antwortete Linus und nickte zustimmend.

»Hey, ihr habt wohl nicht alle Gurken im Glas! Es ist stadtbekannt, dass wir Weltmeister im Hochschaukeln sind!«, stellte Ulf klar.

»Sorry, aber das glauben wir nicht!«, meinte

Linus, und Frederike rief: »Zeigt uns doch, wie hoch ihr schaukeln könnt!« Die beiden Freunde sprangen von den Schaukelbrettern und überließen den Jungs den Platz.
»Okay, Jungs! Die Show kann beginnen!«, rief Boris, sprang auf die Schaukel und nahm Schwung. Natürlich machten es ihm seine drei Freunde nach.
Orbi, der alles genau beobachtet hatte, war zufrieden. Sein Plan war aufgegangen!
Die Bande schaukelte immer höher und die Stange knirschte gefährlich unter ihrem Gewicht. Aufgeregt schauten Linus und Frederike zu Orbi rüber, der ihnen grinsend zuzwinkerte. Dann nahm er die alte Fernbedienung in die Hand.
»Und jetzt stellen wir einen Weltrekord im Schaukeln auf«, brüllte Boris und nahm noch mehr Schwung.
»Orbi wünscht euch einen guten Flug!«, lachte Orbi und drückte auf die Fernbedienung. Es gab einen lauten Knall, oder besser gesagt, es knallte viermal! Plötzlich gingen die vier

kleinen Röhren unter den Schaukeln ab wie Raketen! Und als säßen sie auf einem Schleudersitz flogen Boris, Zacki, Arkan und Ulf nach vorne. Sie flogen und flogen und stellten einen neuen Weltrekord im Schaukel-Weitspringen auf!
Dumm nur, dass die Landung unsanft ausfiel, denn die vier landeten kopfüber im Weiher und spuckten Entengrütze! Die Enten

applaudierten mit den Flügeln und quakten um Zugabe! Und Orbi und seine beiden Freunde konnten sich vor Lachen kaum halten.

5 Auf der Flucht

Am anderen Ende der Stadt lag ein Gebäude, das nicht sehr beliebt war: das städtische Gefängnis. Zwei der Häftlinge hatten es besonders eilig, rauszukommen. Sie hießen Eddy und Kralle und gruben heimlich einen Fluchttunnel. Das war ganz schön anstrengend. Deshalb hatte Eddy keine Lust mehr: »Ich kann nicht mehr, Kralle!«, stöhnte er.
»Du wirst doch jetzt nicht schlappmachen? Nur zwei Meter trennen uns noch von der Freiheit!«, sagte sein Komplize Kralle, der auch der Chef der beiden war.
Eddy war nämlich das, was man begriffsstutzig nannte. Mit anderen Worten: Er war doof.
»Können wir dann wirklich aus dem Gefängnis raus?«, fragte Eddy und grub wie ein fleißiger Maulwurf weiter.

»Na klar! Ich hab genau ausgerechnet, wo wir herauskommen müssten. Wenn wir gleich durchbrechen, dann ist es der Duft der Freiheit!«, rief Kralle.

Das spornte Eddy an. Er konnte es kaum mehr abwarten, rauszukommen. Die beiden saßen schon seit sechs Monaten hinter schwedischen Gardinen, weil sie versucht hatten, den Tresor eines Schrotthändlers zu knacken. Zum Glück hatte Orbi damals dafür gesorgt, dass sie von der Polizei erwischt wurden.

»Wenn wir in Freiheit sind, werde ich erst mal in den Urlaub fahren«, meinte Eddy und wischte sich den Schweiß von der Stirn. Er schwitzte wie ein Wasserfall.

»Wovon denn? Wir sind total pleite!«

»Na und? Dann geh ich zum Bahnhof und klaue jemandem den Fahrschein. Damit fahre ich weg!«, sagte Eddy.

»Einen Fahrschein klauen? Das ist doch eine total bescheuerte Idee!«, sagte Kralle und zeigte ihm einen Vogel.

»Hast du eine bessere Idee? Willst du etwa arbeiten gehen?«

»Arbeit verstößt gegen die Ganoven-Ehre! Nein, wir werden das größte Ding aller Zeiten drehen. Du wirst schon sehen!«, prahlte Kralle.

»Das größte Ding aller Zeiten klingt gut! Erzähl!«, rief Eddy aufgeregt.

»Nein! Erst die Arbeit und dann das Vergnügen! Grab weiter!«, befahl Kralle.

»Werden wir so viel Geld haben, dass wir uns eine Woche Urlaub leisten können?«, wollte Eddy wissen.

»Das wird für zehn Jahre Ferien reichen, du Speckwürfel!«

»Aber ist das größte Ding aller Zeiten nicht eine Nummer zu groß für uns?«, fiel Eddy ein, der bisher nur Geldbörsen und Frühstücksbrötchen geklaut hatte.

»Für dich ist alles eine Nummer zu groß. Sei froh, dass ich dein Boss bin. Wer hat denn die Idee mit dem Tunnel gehabt, he?«, fragte Kralle und grinste wie ein Breitmaulfrosch.

»Hast ja recht! Ich hätte auch gar nicht gewusst,

in welche Richtung wir graben sollten!«, sagte Eddy selbstkritisch.

»Geradeaus, wohin sonst?! Ich habe den Durchblick! Ein letzter Spatenstich, und wir landen mitten im Park!«, rief Kralle stolz und bohrte den Spaten in die Erde.

»Ich schaffe es nicht alleine. Hilf mir!«, forderte er Eddy auf. Die beiden stießen ihre Spaten mit letzter Kraft nach oben.

»Das ist der Durchbruch! Freiheit, wir kommen!«, riefen beide und zwängten sich durch die enge Spalte ins Freie.

Doch was sahen sie? Sie waren nicht im Park herausgekommen, sondern in einem Büro. Genauer gesagt in dem Büro des Gefängnisdirektors Herrn Hantelmann. Der saß hinter seinem Schreibtisch und wunderte sich über die zwei Männer in gestreifter Gefängniskleidung, die durch ein Loch im Boden zum Vorschein kamen.

»Wie war das mit dem Durchblick?«, fragte Eddy leise nach.

»Wieso grabt ihr einen Tunnel, um mich zu

sehen? Ihr hättet auch durch die Tür kommen können!«, schimpfte Herr Hantelmann.
»Wird nicht wieder passieren, Herr Hampelmann!«, entschuldigte sich Kralle.
»Erstens heiße ich Hantelmann, und zweitens werdet ihr sofort den Tunnel wieder zuschütten!«, befahl der Direktor.

6 Gestatten, mein Name ist Robi!

Orbi hatte zwar den Angeberjungs eine Lektion im Schaukelweitsprung erteilt, aber eine Aufgabe wartete noch auf ihn. »Robi muss repariert werden!«, sagte er und hatte natürlich recht. Das Bad im Weiher hatte dem kleinen Roboter arg zugesetzt.

»Sein Kopf ist ziemlich zerbeult, und der Antrieb ist auch kaputt!«, sagte Orbi, als er den kleinen Roboter von Kopf bis Fuß untersucht hatte.

»Kannst du ihn nicht wieder ganz machen?«, fragte Linus.

»Armer Robi! Er hat früher immer gelacht! Und jetzt sieht er ganz traurig aus!«, meinte Frederike.

»Orbi wird die Probleme lösen. Wollt ihr dabei helfen?«

»Klar helfen wir dir!«, riefen beide Kinder.

»Orbi braucht ein paar Sachen aus dem Schuppen: einen Radiowecker, das alte Fernglas, den Ventilator und einen Taschenrechner!«

Logisch, dass sie sofort in den Schuppen eilten. In der Zwischenzeit legte Orbi den armen Robi auf den Tisch, richtete zwei Stehlampen auf ihn, damit es schön hell war, und verwandelte das Gartenhaus in einen Operationssaal. Als Linus und Frederike mit den gewünschten Sachen aus dem Schuppen kamen, konnte es losgehen. Orbi war der Arzt, und Linus und Frederike waren seine Assistenten. Alle trugen Mundschutz und weiße Kittel, die Orbi aus einem Bettlaken geschneidert hatte.

»Den Hammer, bitte!«, sagte er zu Frederike. Ganz vorsichtig und sehr geschickt sorgte Orbi dafür, dass Robis Gesicht wieder aussah wie früher. Nach einigen Minuten waren sämtliche

Beulen verschwunden. Der kleine Roboter lachte wieder! Linus tupfte Orbi die Roboterstirn.
»Jetzt braucht Orbi das Fernglas«, sagte Orbi, baute das Fernglas flink auseinander und holte zwei Linsen heraus. Das waren Robis neue Superaugen!
»Jetzt müssen wir noch die lose Hand und den schiefen Fuß reparieren!«, sagte Chefarzt Orbi. Und Linus und Frederike halfen kräftig mit.
»Jetzt ist er wieder ganz der Alte!«, rief Linus, als sie endlich fertig waren.
Doch Orbi war noch nicht zufrieden!
»Robi soll auch rechnen können! Orbi braucht jetzt den Taschenrechner!«, sagte er zu Frederike, die ihm den Taschenrechner reichte.
»Hey, cool! Dann kann Robi ja jetzt mehr, als nur herumlaufen und mit dem Kopf wackeln!«, sagte Linus, während Orbi bestimmte Teile des Taschenrechners in Robis Kopf einbaute.

»Er wird doch wieder laufen können, oder Orbi?«, fragte Frederike.
»Die Zahnräder sind zerbrochen! Orbi kann das Aufziehmodul nicht reparieren«, sagte Orbi bedauernd.
Es war das erste Mal, dass Orbi nicht helfen konnte.

»Aber du kannst doch alles reparieren!«, rief Linus. Orbi hatte doch schließlich einen Orbikopter gebaut und eine Anti-Blödmann-Banden-Waffe, und jetzt sollte er an ein paar kleinen Zahnrädern scheitern? Unmöglich.

»Das ist aber schade«, meinte Frederike.

»Orbi hat nicht gesagt, dass Robi nicht laufen kann. Orbi hat nur gesagt, dass das Aufziehmodul nicht zu reparieren ist«, stellte Orbi klar.

Jetzt verstanden Linus und Frederike gar nichts mehr. Was meinte Orbi damit?

»Es geht weiter! Orbi braucht jetzt den Ventilator!«, sagte er zu Linus.

»Jetzt bin ich aber gespannt«, sagte Linus und reichte Orbi den Ventilator.

»Orbi wird Robi einen kleinen Elektromotor einbauen. Dann braucht man Robi nicht aufzuziehen«, erklärte Orbi.

»Cool!«, riefen Linus und Frederike begeistert. Orbi war in Bestform! Auf ihn konnten sie sich immer verlassen.

Während Orbi den Motor des Ventilators

ausbaute, kündigte sich draußen ein Unwetter an. Dunkle Wolken zogen auf, in der Ferne hörte man Donnergrollen. Linus und Frederike achteten nicht darauf, wichtig war nur, dass Orbi den kleinen Robi reparierte! Gespannt beobachteten sie, wie Orbi den Motor des Ventilators geschickt in Robis Bauch einbaute. Dabei drehte er an unzähligen kleinen Schrauben, Drähten und Schaltern und verlor keine Sekunde den Überblick. Dann schloss er Robi an die Steckdose an. Draußen blitzte und donnerte es inzwischen gewaltig. Das Unwetter war angekommen!
»Orbi muss aufpassen! Nicht, dass es einen Kurzschluss gibt!«, sagte er besorgt und wollte den Stecker wieder rausziehen.
Und genau in diesem Moment schlug ein Blitz in das Gartenhäuschen ein. Zum Glück war das Häuschen durch einen Blitzableiter geschützt, aber es gab trotzdem einen Kurzschluss, weil die Elektroleitungen sehr alt waren. *Bäng!* Sofort wurde es dunkel! Das Stromkabel, an das Robi angeschlossen war, blitzte auf, und

ein Funke bewegte sich wie auf einer Lunte auf Robi zu. Dann gab es einen leisen Knall.
»Oje! Jetzt ist er bestimmt kaputt!«, rief Linus.
Aber er sollte sich täuschen! Einige Sekunden später passierte etwas völlig Unerwartetes. Die Freunde trauten ihren Augen kaum: Der kleine Blechroboter begann sich zu bewegen. Er blickte sich neugierig um und reckte sich, als wäre er gerade aufgewacht. Dann zog er sich das Stromkabel aus dem Anschluss und stand auf. Er machte zwei

Kniebeugen und streckte seine Arme nach vorne. Dann verbeugte er sich vor den Kindern wie ein kleiner Diener und sagte: »Gestatten, mein Name ist Robi!«

Linus und Frederike waren von den Socken und verstanden nicht, was passiert war. Aber Orbi schaltete schnell.

»Orbi analysiert: Durch den Blitzeinschlag ist es zu einem Blackout gekommen. Dabei hat der Prozessor des Taschenrechners elektromagnetische Signale …«, begann Orbi zu erklären, aber dann sah er an den ratlosen Gesichtern seiner Freunde, dass die ihn nicht verstanden. Und deswegen kürzte er seinen Vortrag ab: »Mit einfachen Worten: Robi kann jetzt sprechen und denken!«

»Wow!«, riefen Linus, Frederike – und Robi – im Chor.

7 Endlich frei!

Der Ausbruchsversuch von Eddy und Kralle war ziemlich schiefgegangen. Die ganze Arbeit war umsonst gewesen. Aber was noch schlimmer war: Herr Hantelmann hatte ihnen befohlen, den Tunnel wieder zuzuschütten, und das war ganz schön harte Arbeit.
Außerdem machten sich alle im Gefängnis über sie lustig, die anderen Häftlinge genauso wie die Wärter.
Nur Herr Hantelmann fand das nicht lustig und war ziemlich genervt von den beiden.
»Alle machen ihre Witze über uns!«, klagte Eddy, der sich am liebsten in seine Zelle verkrochen hätte. Er traute sich nicht einmal, zum Essen zu gehen, obwohl er sehr gerne aß. Essen war nämlich nach Geldbörsenklauen sein liebstes Hobby.

»Hättest du mich nicht abgelenkt, wäre der Tunnel im Park rausgekommen«, schimpfte Kralle, der wie jeder Gangsterboss keine Kritik vertragen konnte.

»Ja klar, jetzt bin ich schuld!«, meinte Eddy beleidigt.

»Ich hatte wenigstens die Idee mit dem Tunnel! Von dir kommt doch überhaupt kein Vorschlag, wie wir hier rauskommen! Wenn es nach dir ginge, würden wir hier versauern!«

»Was soll das denn heißen? Du hattest mich doch gar nicht gefragt, ob ich einen Plan habe«, schmollte Eddy beleidigt.

»Ich habe dich nicht gefragt, weil dir eh nix einfällt! Du bist so hohl wie eine taube Nuss!«, sagte Kralle und tippte mit dem Zeigefinger auf Eddys Glatze. *Klong! Klong! Klong!*

»Lass das sein! Ich werde dir beweisen, dass mir was einfällt!«, rief Eddy.

»Da bin ich aber jetzt mal gespannt!«, sagte Kralle und wartete auf einen Geistesblitz seines Komplizen.

»Vielleicht lässt uns Herr Hantelmann raus,

wenn wir ihm versprechen, keinen Tunnel mehr zu bauen!«, fiel ihm ein.

»Blödsinn! So etwas Dämliches kann nur dir einfallen!«

»Wir bauen eine Rakete, setzen uns rein und schießen uns in die Freiheit!«, schlug Eddy vor.

»Wieder Blödsinn!«, sagte Kralle. Wie konnte man nur so doof sein?

»Wir hungern, bis wir so dünn sind, dass wir durch die Gitterstäbe passen!«, lautete der nächste Vorschlag.

»Wieder Blödsinn!«

»Wir probieren sämtliche Zaubersprüche aus, die es gibt. Einer davon wird uns aus dem Gefängnis zaubern!«, sagte Eddy, der sehr abergläubisch war und an Hexen und Gespenster glaubte.

»Wieder Blödsinn!«

»Wir gehen in die Stadt und kaufen uns eine Säge. Damit sägen wir die Gitter durch!«, rief Eddy.

»Wieder Blödsinn!«

Doch Eddy gab nicht auf. Er machte einen

Vorschlag nach dem anderen. Leider gab es von Kralle immer nur die gleiche Antwort: »Wieder Blödsinn!«

»Sag mal, Kralle, vielleicht brauchen wir gar nicht auszubrechen! Werden wir nicht bald entlassen?«

»Das dauert noch ewig, glaub mir, ich habe den Durchblick!«, antwortete Kralle und blickte durch das Zellenfenster nach draußen. Und plötzlich hatte er einen Einfall: »Dass ich aber auch nicht eher darauf gekommen bin!«, sagte er und schlug Eddy auf die Stirn. Und dann flüsterte er ganz leise: »Wir werden Bettlaken zusammenknoten und dann herunterklettern!«

»Und das soll funktionieren?«

»Das kommt in jedem Krimi vor!«, versicherte er, und Eddy glaubte ihm sofort, weil Kralle jeden Krimi las, den er klauen konnte.

Es war für die beiden ganz einfach, Bettlaken für die Flucht zu besorgen. Sie arbeiteten in der Wäscherei des Gefängnisses und konnten leicht einige Laken heimlich beiseitelegen.

Als sie nach ein paar Tagen zwanzig Laken geklaut hatten, knoteten sie diese zusammen.

Und dann war es so weit: Während der Mittagspause kletterten sie in einem unbewachten Moment auf die Gefängnismauer und ließen die Laken herunter.

Weil Kralle der Boss war, kletterte er als Erster herunter, Eddy folgte ihm. Und obwohl Eddy doppelt so viel wog wie Kralle, hielten die Laken! Es sah also ganz gut aus für die beiden. Als sie auf der Hälfte der Strecke eine kurze Verschnaufpause einlegten, hörten sie eine bekannte Stimme: »Hey, was macht ihr denn da?« Es war Direktor Hantelmann, der sie von seinem Fenster aus entdeckt hatte.

Kleinlaut begannen die Ganoven, sich zu entschuldigen.

»Herr Direktor, wir versprechen Ihnen, wir werden nie mehr versuchen zu fliehen!«, sagte Kralle.

»Ja, wir geben ihnen unser Ehrenwort, dass wir für immer hierbleiben wollen!«, fügte Eddy hinzu.

»Aber wieso wollt ihr denn ausbrechen? Ihr

werdet doch heute entlassen, habt ihr das vergessen?«, fragte Herr Hantelmann und tippte sich an die Stirn.

Und die Wärter, die alles von der Mauer aus beobachteten, brachen in lautes Gelächter aus. Kralle und Eddy waren wirklich die bekloppsten Häftlinge, die ihnen jemals untergekommen waren.

»Wir werden heute entlassen?«, fragte Kralle ungläubig.

»Das können Sie nicht machen, Herr Direktor! Ich will ausbrechen und nicht entlassen werden!«, rief Eddy, der nicht einsah, dass die ganze Arbeit mit dem Tunnelbau und den Laken umsonst gewesen sein sollte.

Direktor Hantelmann zeigte ihm einen Vogel: »Nichts da! Ich bin froh, wenn ihr zwei Nervensägen geht und andere Leute ärgert! Und wehe, ihr kommt wieder! Dann gibt es mächtig Ärger!«, rief der Direktor und drohte mit dem Zeigefinger.

»Wir kommen ganz bestimmt nicht wieder! Wir drehen nämlich das größte Ding des

Jahrhunderts und setzen uns dann zur Ruhe!«, gab Eddy an.

»Halt bloß die Klappe, du Dreiminuten-Ei!«, rief Kralle, der nicht wollte, dass Eddy etwas ausplauderte.

»Warum wollt ihr weiter Verbrecher sein? Ihr werdet doch sowieso gleich wieder geschnappt!«, sagte Herr Hantelmann.

»Wir werden nie mehr einbrechen! Sie brauchen uns nie wieder einzusperren, Herr Hampelmann! Unser Wort darauf!«, rief Kralle.

»Wie oft habe ich euch gesagt, dass ich Hampelmann heiße! Äh, ich meine natürlich Hantelmann, verflixt noch mal!«, brüllte der Direktor. »Ihr beide macht mich ganz kirre! Wehe, ich sehe euch noch mal wieder!«

8 Robi schafft Chaos

Der Blitzeinschlag hatte Orbi, Frederike und Linus einen neuen Freund beschert: Robi!
Linus und Frederike mochten den eifrigen kleinen Kerl auf Anhieb.
»Womit kann ich dienen? Robi wartet auf einen Befehl!«, rief er.
Und Linus und Frederike antworteten: »Wir befehlen dir nichts, wir sind doch deine Freunde!«
Wie Orbi gesagt hatte, war Robi nicht mehr der einfache Spielzeugroboter zum Aufziehen, sondern ein Roboter, der sprechen und denken konnte.
Damit er immer Strom hatte, bastelte Orbi dem kleinen Roboter einen kleinen Solarantrieb, während Linus und Frederike in der Schule

waren. Das gefiel Robi sehr, und er war tief beeindruckt:
»Robi will auch so schlau sein wie du und viele Dinge erfinden!«, sagte Robi.
»Und was willst du erfinden?«
»Irgendetwas ganz Wichtiges!«, sagte Robi und verschwand im Schuppen. Dort bastelte er … und bastelte … und bastelte. Orbi wollte den kleinen Roboter nicht stören und erledigte in der Zwischenzeit die Gartenarbeit.
Als Linus und Frederike nach der Schule in das Gartenhäuschen kamen, war Robi ganz aufgeregt.
»Robi hat etwas Tolles erfunden! Wollt ihr es sehen?«
Natürlich wollten die drei Freunde das!
Robi holte einen kleinen Kasten mit vielen Drähten und Kabeln daran aus dem Schuppen. In der Mitte steckte eine alte Luftpumpe.
»Was ist das?«, fragten Linus und Frederike, die sich auf die seltsame Kiste keinen Reim machen konnten.

»Eine Kaugummiblasen-Blas-Maschine!«, erklärte Robi und schaltete den Kasten ein.
Er legte eine Kaugummikugel in den Holzkasten und drückte auf einen Knopf. Es dampfte kräftig, und dann kam eine Kaugummiblase aus der Luftpumpe heraus. Die Blase wurde größer und größer, und dann gab es einen lauten Knall! Als der rosa Rauch verflogen war, sah Orbi, dass die Gesichter von Linus und Frederike ganz verklebt waren. Aber das machte den beiden nichts aus. Sie lachten fröhlich und fanden Robis Erfindung ziemlich lustig. Robi war nicht nach Lachen zumute!
»Robi ist kein guter Erfinder!«, sagte Robi traurig.

»Wieso? Du hast doch eben eine lustige Maschine erfunden!«, sagte Orbi.
»Aber Robi wollte keine lustige Maschine erfinden. Er wollte eine richtig tolle Kaugummiblasen-Blas-Maschine erfinden!«, seufzte Robi und ließ sich nicht von den Freunden trösten.
Am nächsten Tag wollte Robi seinen Fehler wiedergutmachen. Und er wusste auch wie!
»Darf Robi heute mit zu dir kommen?«, fragte Robi, als Linus am Abend nach Hause gehen wollte.
»Aber wir müssen morgen Vormittag in die Schule gehen! Dann wirst du dich bestimmt langweilen!«, sagte Frederike zu Robi.
»Das wird Robi ganz bestimmt nicht!«, sagte der kleine Roboter.
»Außerdem darf Mama nichts merken«, sagte Linus.
»Versprochen!«, rief Robi.
Und so steckte Linus den kleinen Roboter in seinen Rucksack und nahm ihn mit nach Hause. Als Linus' Mutter am Abend ins Kinderzimmer

kam, um Wäsche einzusammeln, hätte sie Robi fast entdeckt. Aber er bewegte sich nicht, und Mama hielt ihn für einen einfachen Spielzeugroboter.

Nachdem Linus am nächsten Morgen zur Schule gegangen war, schlug Robis große Stunde! Er wollte beweisen, dass er ein guter Roboter war. Er wusste, dass Orbi früher Linus beim Aufräumen und Kochen geholfen hatte. Und Robi wollte sich jetzt auch nützlich machen! Aber schon beim Aufräumen brachte er einiges durcheinander. Er legte die Socken in den Kühlschrank und die Schuhe in den Brotkorb. Und als er putzen wollte, verwechselte er das Putzmittel mit der schwarzen Schuhcreme!

Die Wohnung war total durcheinander, und Robi war von Kopf bis Fuß mit schwarzer Schuhcreme beschmiert.

»Wenn Mama das Chaos sieht, wird sie in Ohnmacht fallen!«, rief Linus, als er von der Schule nach Hause kam.

»Robi wollte doch nur helfen!«, jammerte Robi.
»Wie kann so ein kleiner Roboter so viel

Chaos anrichten?!«, wunderte sich Linus und versuchte Robi mit einem Lappen sauber zu kriegen.

»Ohne Orbi schaffen wir das nie, bevor deine Mama nach Hause kommt«, sagte Frederike, als sie das ganze Durcheinander sah.

»Stimmt«, sagte Linus.

Schnell radelte Frederike zum Kleingarten und holte Orbi mit dem Anhänger ab.

»Kein Problem, Robi! Das kriegen wir schon wieder hin! Orbi braucht dafür 12 Minuten und 35 Sekunden!«, beruhigte Orbi seinen kleinen Freund, nachdem er durch die schwarz verschmierte Wohnung gegangen war.

Und dann legte Orbi los. Er putzte alles wieder sauber, so dass man sich in den Böden spiegeln konnte. Währenddessen war der kleine Robi ganz still und wäre am liebsten im Boden versunken.

»Alles erledigt!«, sagte Orbi, als er fertig war. Er hatte nicht nur das Chaos beseitigt, die Wohnung sah auch ordentlicher aus als vorher.

»Danke, Orbi!«, riefen Linus und Frederike und klopften ihm auf die Schulter.
»Und was ist mit Robi?«, fragte Robi traurig.
»Du bist sehr freundlich und nett. Orbi findet es super, dass du aufräumen helfen wolltest. Nächstes Mal klappt es bestimmt!«, sagte Orbi zu seinem kleinen Kollegen und strich ihm freundlich über den Blechkopf.
»So schlimm war das gar nicht. Wenn ich aufräume, sieht es schlimmer aus!«, meinte Linus und lachte.
»Wirklich?«, seufzte Robi und wischte sich eine Träne aus dem Gesicht.
Und nachdem Orbi ihm einige Roboterwitze erzählt hatte, hatte Robi schnell wieder gute Laune.

9   Burg Grafenwald

Gefängnisdirektor Hantelmann hatte sich geirrt! Er hatte doch wirklich gehofft, dass Eddy und Kralle ein ehrliches Leben beginnen würden. Von wegen! Eddy und Kralle träumten weiter von ihrem großen Coup.

»Wenn wir unser nächstes Ding drehen, werden wir in das Guinnessbuch der Rekorde kommen!«, kündigte Kralle an, der davon träumte, der berühmteste Ganove der Welt zu werden. Er hatte gerade mit Eddy den Lieferwagen eines Getränkehändlers gestohlen und gab Vollgas.

»Dann spuck es endlich aus! Welches Ding werden wir drehen?«, fragte Eddy, der vor Neugierde platzte.

»Das wirst du gleich sehen. Wir fahren zur Burg

Grafenwald. Schon mal was davon gehört?«, fragte Kralle.

»Burg Grafenwald? Klar kenne ich die! Da hat früher Ritter Eisenfaust gelebt. Und jetzt geistert er da als Gespenst herum«, sagte Eddy.

»So ein Blödsinn! Es gibt auf der Burg keine Gespenster. Es gibt nur eine Menge Wertsachen. Und genau die werden wir uns jetzt holen!«

»Das ist aber keine gute Idee! Ich will nicht auf die Gespensterburg!«, sagte Eddy und rutschte unruhig auf seinem Sitz hin und her.

Er hielt sich zwar für einen ganz schweren Jungen, aber trotzdem wollte er sich nicht mit Gespenstern anlegen.

»Es gibt überhaupt keine Gespenster, du Trockenbrötchen!« Kralle zeigte Eddy einen Vogel.

»Und ob es Gespenster gibt! Dieser Ritter Eisenfaust …«

»… ist seit 500 Jahren tot!«, unterbrach ihn Kralle und gab noch mehr Gas.

»Aber was sollen wir denn da? Da gibt es

doch nur alte
Ritterrüstungen zu
holen«, sagte Eddy, der überhaupt
keine Lust hatte, die Burg zu betreten.
»Lies mal!« Kralle reichte Eddy einen
Werbeprospekt der Burg.
Dumm nur, dass Eddy nicht lesen konnte, weil er immer die Schule geschwänzt hatte. Da er sich aber schämte, das zuzugeben, fiel ihm ein Trick ein.

»Kannst du mir das bitte vorlesen? Ich habe meine Lesebrille nicht dabei!«, log er.

Als Kralle vor einer roten Ampel stand, las er aus dem Prospekt vor: »Burg Grafenwald ist eine der größten Burganlagen! Sie wurde vor 550 Jahren von Ritter Eisenfaust erbaut. Ritter Eisenfaust war ein gefürchteter Raubritter. Sehen Sie seine Beute in der Schatzkammer! Nur 5 Euro Eintritt!«

»Ich glaube, unser Geld reicht nicht für den Eintritt!«, stellte Eddy fest, nachdem er einen Blick in ihre Geldbörse geworfen hatte.

»Du Dünnbretthering! Wir sind doch Einbrecher und zahlen natürlich keinen Eintritt! Wir holen uns den Ritterschatz und verduften wieder«, brüllte Kralle.

Warum hatte er bloß den doofsten Ganoven der Welt als Partner?

»Deswegen brauchst du mich aber nicht so anzuschreien!«, jammerte Eddy und hielt sich die Ohren zu.

Dann fiel ihm etwas ein: »Außerdem sagt man, dass Ritter Eisenfaust auf seine Beute aufpasst! Er geistert in der Nacht durch die Burg und kann ganz schön gefährlich werden!«
»Wenn ich noch mal den Namen Ritter Eisenfaust höre, dann kommst du auf die Streckbank!«, brummte Kralle.
Auf die Streckbank wollte Kralle auf keinen Fall, und deswegen sagte er nichts mehr.
Er nahm sich auch vor, gar nicht mehr an Gespenster und Geister zu glauben. Ab jetzt würde er nur die Befehle seines Bosses befolgen!

10 Eine blöde Alarmanlage

Burg Grafenwald lag auf einem kleinen Hügel am Stadtrand. Sie war sehr gut erhalten und diente mittlerweile als Museum. Hoch auf dem Dach des mächtigen Turms flatterte die Fahne des Ritters Eisenfaust. Vor dem Eingang waren zwei Pranger aufgebaut, das waren Bretter mit Löchern für den Kopf und die Hände. Früher wurden die Feinde des Ritters zur Strafe an den Pranger gestellt, aber heute konnten die Besucher der Burg zum Spaß ihren Kopf in die Löcher des Prangers stecken und lustige Fotos davon machen.
Die Burg hatte viel zu bieten. Da war der riesige Saal mit vielen Ritterrüstungen, und im Untergeschoss konnten die Besucher sogar einen echten Folterkeller besichtigen. Kinder konnten sich als Knappen und Burgfräulein

verkleiden und mit der Armbrust schießen. Die meisten Besucher jedoch wollten in die Schatzkammer, auf die es auch Kralle und Eddy abgesehen hatten.

Kralle hatte sich schon einen Plan ausgedacht, um sie zu plündern: »Wir tun so, als ob wir normale Besucher wären. Und dann verstecken wir uns in der Folterkammer. Wenn am Abend die Burg geschlossen wird, schleichen wir uns in die Schatzkammer, und dann ist Zahltag!«

»Und was ist mit dem Nachtwächter?«
»Gibt es nicht! Die haben nur eine kleine Alarmanlage!«
Vor der Alarmanlage hatte Eddy keine Angst, aber dafür vor dem Ritter Eisenfaust, doch das behielt er lieber für sich.
Also versteckten sich die beiden Ganoven in der Folterkammer und warteten ab, bis alle anderen Besucher nach Hause gegangen waren.
»Wir hätten uns ruhig woanders verstecken können!«, sagte Eddy, weil es in der Folterkammer unheimlich war. Es war düster und stickig, und an den Wänden hingen Schwerter und andere Waffen. Und die Streckbank sah auch nicht gerade einladend aus!
Als alle Besucher gegangen waren, schlichen sich die beiden aus ihrem Versteck. Sie nahmen Kurs auf die Schatzkammer. Dafür mussten sie durch den großen Rittersaal. Dort standen unzählige Ritterrüstungen herum. An den Wänden hingen Bilder. Eines davon zeigte Ritter Eisenfaust.

»Das ist er!«, sagte Eddy ehrfürchtig und begann zu zittern, als ob er Schüttelfrost hätte.

»'n Abend, alter Eisenbart! Alles klar? Sei uns nicht böse, aber wir werden uns jetzt deine Beute krallen!«, lachte Kralle und ging fröhlich die Treppe zur Schatzkammer rauf. Vor einer schweren Holztür blieben sie stehen. *Schatzkammer von Ritter Eisenfaust* stand auf einem Schild.

»Da wären wir! Knack das Schloss auf, Eddy!«, befahl Kralle.

»Die Tür kriege ich leicht auf!«, prahlte Eddy, während er eine Butterbrotdose aus seiner Tasche holte. Allerdings waren in der Dose keine Butterbrote, sondern kleine Schraubendreher, mit denen er jedes Türschloss öffnen konnte. Nach wenigen Sekunden stand die Tür offen. Aber als sie die Schatzkammer betreten wollten, sahen sie ein Netz aus Lichtstrahlen.

»Was ist das?«, wollte Eddy wissen.

»Eine Lichtschranke! Wenn wir einen

Lichtstrahl berühren, geht die Alarmanlage an. Ganz schön raffiniert!«, sagte Kralle, der diese moderne Alarmanlage in der Burg nicht erwartet hatte.

»Dann kriechen wir eben unter den Strahlen durch«, schlug Eddy vor.

»Dazu sind wir viel zu … äääähm … kräftig gebaut!«, brummte Kralle ärgerlich.

»Und wenn wir etwas abnehmen?«

»Blöde Idee! Wir können auch nicht schrumpfen!«, sagte Kralle, der hin und her überlegte. Aber ihm fiel einfach nichts ein, wie man die Lichtschranken austricksen könnte.

»Lass uns verduften! Wir brauchen ja nicht den größten Coup zu drehen, es reicht doch auch der zweitgrößte«, schlug Eddy vor und legte den Rückwärtsgang ein. Nichts wie weg hier, dachte er, bevor Ritter Eisenfaust noch auftaucht.

Kralle glaubte zwar nicht an Gespenster, folgte aber seinem Komplizen. Die Alarmanlage war eine Nummer zu groß für die beiden.

Die Lichtschranken hatten ihm gründlich die Stimmung verhagelt.
»Wo schlafen wir heute?«, fragte Eddy im Auto.
»Ich kenne da eine Anglerhütte, da stört uns niemand!«, antwortete Kralle schlechtgelaunt.
»Haben wir wenigstens was zum Essen?«
»Nur was zu trinken. Im Laster liegt nur der Getränkeautomat!«, antwortete Eddy.
»Wieso hast du überhaupt den Getränkeautomaten ins Auto geladen, he?«, wollte Kralle wissen.
»Weil wir nichts zu trinken haben. Also habe ich gleich den ganzen Getränkeautomaten geklaut!«, antwortete Eddy.
»So was Blödes! Andere klauen Tresore und du Getränkeautomaten!«, schimpfte Eddy. Er hatte sowieso schlechte Laune. Keine Beute und dann noch ein leerer Magen. Schlimmer ging es wirklich nicht mehr.

11 Lola mag Kuchen

Der kleine Roboter Robi hatte schlechte Laune.
»Alles, was Robi anpackt, geht schief! Weg mit der blöden Kaugummiblasen-Blas-Maschine«, sagte er und warf seine Erfindung in den Mülleimer.
»Robi hat eben keine Kaugummiblasen-Blas-Maschine erfunden, sondern eine Zum-Lachen-bring-Maschine«, tröstet ihn Orbi, »und das ist doch viel besser! Linus und Frederike haben sich sehr gefreut!«
»Du willst Robi nur trösten, Orbi! Die beiden denken doch, ich wäre eine Niete«, meinte Robi niedergeschlagen.
»Das denken die beiden bestimmt nicht. Es sind deine Freunde!«, sagte Orbi.
»Orbi ist doch der klügste Roboter der Welt.

Was soll Robi machen, damit Linus und Frederike ihn gut finden?«, fragte Robi.
»Deine Freunde mögen dich so, wie du bist!«, erklärte Orbi geduldig.
»Aber ist das logisch? Robi ist doch nicht perfekt!«
»Es ist nicht logisch, dass jemand total perfekt ist. Aber es ist logisch, dass Linus und Frederike trotzdem deine Freunde sind!«, sagte Orbi.
Und weil Robi Orbi vertraute, war er zufrieden mit der Antwort.
»Das ist schön, weil Robi die beiden sehr mag! Und deswegen wird er ihnen einen Kuchen backen. Wie findest du das?«, fragte Robi und schaute Orbi mit großen Augen an.
»Das ist eine gute Idee! Linus und Frederike werden sich freuen«, sagte Orbi und war froh, dass es Robi wieder gutging.
»Du willst einen Kuchen backen? Das ist ja super!«, riefen die Kinder, als Robi ihnen seine Idee mitteilte.
Sofort gingen alle in die kleine

Küche des Gartenhäuschens. Dort fand Robi alles, was er zum Backen brauchte: Schüssel, Rührbesen und Backform. Sogar ein Backbuch! Robi spuckte in die Hände und suchte sich das Rezept für einen leckeren Marmorkuchen aus. Linus und Frederike machten eine Einkaufsliste und fuhren zum Supermarkt, um die Zutaten zu besorgen: Eier, Zucker, Milch, Mehl, Margarine, Kakao und Backpulver.

Nun konnte es losgehen. Robi wollte den leckersten Marmorkuchen auf der ganzen Welt backen!

»Aber Robi will ganz alleine backen! Kommt nicht in die Küche!«, bat er seine Freunde.

»Na schön! Sag uns einfach, wenn du fertig bist!«, sagte Frederike und ging mit Linus und Orbi in den Garten.

Robi legte los. Dabei versuchte er Orbis Ratschlag zu beherzigen, langsam zu arbeiten und den Anweisungen aus dem Backbuch zu folgen. Und genau das tat Robi auch. Er machte alles genau nach Rezept und ließ sich nicht aus der Ruhe bringen. Seine Mühe war nicht umsonst: Der Teig sah sehr gut aus, es fehlte nur noch etwas Mich.

»Robi ist stolz auf sich! Er hat alles ganz alleine geschafft!«, sagte er, während er die Milch in die Schüssel rührte.

»Miau, Miau!«, hörte er plötzlich.

Die Nachbarkatze Lola saß auf der Fensterbank und schaute neugierig in die Küche. Sie hatte die Milch gerochen.

»Verzeihung, Frau Lola, aber Robi braucht die Milch für den Kuchenteig«, erklärte Robi und schüttelte bedauernd den Kopf, »Robi will nichts falsch machen. Es soll ein perfekter Kuchen werden!«

Aber Lola war der perfekte Kuchen egal. Sie miaute weiter, weil sie Hunger hatte.

»Sei schön brav, Frau Lola!«, sagte Robi, stellte die Schüssel vor dem Fenster ab und ging hinaus, um den Tisch zu decken. Darauf hatte Lola nur gewartet. Sie drückte ihre dicke Pfote gegen die Fensterscheibe. Das Fenster schlug auf, prallte gegen die Rührschüssel und – *Patsch!* – flog sie im hohen Bogen hinunter! *Patsch!* Der schöne Kuchenteig landete auf dem Boden, und Lola sprang in einem Satz hinterher! Neugierig tauchte sie die Pfote in die Masse und leckte daran. *Mmmh …!* Das war viel leckerer als Milch! Doch Lola wusste, dass sie sich beeilen musste, schleckte schnell den Teig auf, und als Robi die Küche wieder betrat, war die Katze auch schon verschwunden.

»O nein!«, rief der kleine Roboter. Aber weil der Übeltäter nicht zu sehen war, gab er sich selbst die Schuld. »Warum hat Robi das Fenster nicht richtig zugemacht? Der Wind muss es aufgeschlagen haben«, rief er, als er das offene Fenster sah. »Was macht Robi jetzt nur? Er kann doch nicht noch einen Kuchen backen!«

12 Robi büxt aus

Orbi, Linus und Frederike freuen sich auf den Marmorkuchen. Neugierig klopfte Linus nach einer Weile an der Küchentür.
»Robi, bist du fertig?«, fragte er durch die Tür.
Aber Robi antwortete nicht. Das gab Orbi zu denken.
»Orbi hört keine Geräusche. Warum ist es so still in der Küche?«, fragte Orbi besorgt und öffnete vorsichtig die Tür. Sofort entdeckten die Kinder die umgekippte Schüssel auf dem Boden.
»O nein, der schöne Teig!«, rief Frederike.
»Und wo ist Robi?«, wollte Linus wissen und suchte nach dem kleinen Roboter.
Die Antwort gab Orbi, der einen kleinen Zettel auf dem Tisch fand. »Orbi bittet um

Aufmerksamkeit! Er muss etwas vorlesen!«, sagte Orbi.

> LIEBE FREUNDE,
> BEI ROBI GEHT ALLES SCHIEF. ER HAT ZWEI LINKE ROBOTERHÄNDE. ES SOLLTE EIN LECKERER KUCHEN WERDEN. ABER ALS ER DEN TISCH GEDECKT HAT, IST DIE TEIGSCHÜSSEL RUNTERGEFALLEN. ROBI WILL EUCH NICHT LÄNGER ENTTÄUSCHEN.
> ALLES GUTE!
> EUER ROBI

»Aber er hat uns doch gar nicht enttäuscht!«, rief Frederike traurig, und Linus stimmte ihr zu. »Das stimmt. Keiner hält ihn für einen schlechten Roboter. Alle mögen ihn«, seufzte Orbi.

»Wenn er wüsste, dass sein Teig total lecker schmeckt. Das wäre ein sehr super Marmorkuchen geworden!«, stellte Linus fest, der die Rührschüssel ausschleckte.
Orbi dagegen beobachtete Lola, die auf der Fensterbank saß und in die Küche schaute, als würde sie das alles nichts angehen. Seinem scharfen Roboterauge entging nicht, dass Lolas Schnurrbarthaare etwas dicker als sonst waren. Das ist ja vertrockneter Teig, dachte Orbi und hatte einen Verdacht. Er schaute zum Fenster rüber und entdeckte an der Scheibe den Abdruck einer Katzenpfote!
»Orbi kombiniert: Die Katze Lola hat das Fenster mit ihrer Pfote aufgedrückt. Deswegen ist die Schüssel auf den Boden gefallen«, sagte der kluge Roboter wie ein Detektiv.
»Und der arme Kerl denkt, dass er es wieder verdaddelt hat«, sagte Frederike. Robi tat ihr leid. Er war ein richtiger Pechvogel.
Die drei Freunde flitzten nach draußen, um den kleinen Roboter zu suchen. Sofort fand Orbi eine Spur: »Das Gartentor ist angelehnt!«

Die drei Freunde
gingen durch das Tor,
und Orbi schaltete seine Augen
auf Lupenmodus. Er überflog die Wiese nach Spuren.
»Hier sind die Gräser eingedrückt. Orbi kombiniert: Robi ist in diese Richtung gelaufen und hat etwas hinter sich her geschleift!«
Orbi blickte prüfend auf den Boden und folgte den Spuren. Linus und Frederike, die natürlich keine so guten Fährtenleser waren, vertrauten ihrem Freund und gingen hinter ihm her.
Die Spur endete an einem Bach.
»Und jetzt?«, fragte Linus.

»Orbi kombiniert: Robi hatte etwas dabei, was er wie ein Boot benutzen kann!«, meinte Orbi.
»Was machen wir denn jetzt? Es ist spät, und wir müssen nach Hause!«, fiel Frederike ein, als sie auf ihre Uhr schaute.
»Orbi schlägt vor, die Suche zu unterbrechen! Es wird gleich dunkel«, sagte Orbi.
»Aber was wird aus Robi? Hoffentlich passiert ihm nichts!«, sorgte sich Linus.
»Keine Sorge, Robi ist ein kluger Roboter. Wir werden ihn morgen suchen!«, sagte Orbi.

13 Die einsame Hütte

Orbi hatte recht gehabt. Sein kleiner Freund war tatsächlich auf dem Wasser unterwegs. Er saß in einem roten Plastikeimer und fuhr seinem ersten großen Abenteuer entgegen. Die Enten und Frösche am Ufer des Baches wunderten sich über den kleinen Blechmenschen, der ihnen zuwinkte. Doch Robi war fest entschlossen, ein Held zu werden. Seine Freunde sollten stolz auf ihn sein.
»Ich muss ans Ufer, bevor es zu dunkel wird«, dachte Robi.
Das war aber leichter gesagt als getan, denn wie sollte er den Eimer steuern?
»Oje! Robi weiß gar nicht, ob er schwimmen kann! Er hat auch keinen Rettungsring dabei!«, fiel ihm ein, als der Eimer heftig hin und her

schaukelte. Robis kleines Roboterherz klopfte ganz schön wild. Zum Glück entdeckte er einen Ast, der im Wasser trieb. Robi streckte sich so lang er konnte, und es gelang ihm tatsächlich, den Ast zu ergreifen. Nun hatte er ein Ruder! Geschickt lenkte er den Eimer ans Ufer. Schnell sprang Robi heraus und zog den Eimer mit sich.

»Das war aber knapp!«, schnaufte er.

Aber er war glücklich. Er hatte das erste gefährliche Abenteuer überstanden. Jetzt konnte es nur noch besser werden! Mutig marschierte er in die Nacht hinein.

Mittlerweile war es zappenduster geworden. Nachdem er eine Weile gelaufen war, entdeckte er in der Ferne ein Licht. Robi ging schnell weiter und sah eine Holzhütte, in der Licht brannte. Neugierig schaute er durch das Fenster. Er sah einen Tisch, an dem zwei Männer saßen. Einer war dick, und der andere hatte einen Schnurrbart.

»Warum haben wir immer so viel Pech? Es war doch alles ganz genau bedacht! Diese dämliche

Alarmanlage!«, hörte Robi den einen Mann sagen.

»Das haben wir wirklich nicht verdient!«, nickte der Dicke traurig.

Robi bekam Mitleid mit ihnen.

»Diese beiden scheinen ein Problem zu haben! Sie tun mir leid!«, sagte er sich. Robi ahnte nicht, dass diese beiden Männer kein Mitleid nötig hatten. Es waren die beiden Einbrecher Eddy und Kralle. Sie hatten sich in der Anglerhütte des Vereins *Dicker Karpfen* einquartiert und verbrachten die Nacht dort. Nun jammerten sie, weil ihre Idee mit dem Schatz schiefgegangen war. Doch das konnte Robi natürlich nicht wissen. Vor Aufregung ließ der kleine Roboter den roten Eimer fallen, und es schepperte laut.

Plötzlich flüsterte Kralle zu Eddy: »Hey, da

draußen geistert jemand herum! Ich hab es genau gehört!«

»Das … das … ist Ritter Ei-Ei-Eisen-faust!«, stammelte Eddy, der sich vor Angst fast in die Hosen machte.

»Wenn schon! Dann sage ich ihm gute Nacht!«, flüsterte Kralle. Er stand auf und tat so, als ob er zum Schrank gehen wollte. Aber dann eilte er blitzschnell zur Tür und stieß sie auf. »Rauskommen, sonst gibt's Saures!«, brüllte er in die Nacht. Als er im Gebüsch ein Rascheln hörte, richtete er seine Taschenlampe dorthin.

»Keine Angst! Robi ist gekommen, um zu helfen!«, hörte er eine Stimme.

»Komm sofort raus!«, rief Kralle.

»Aber nur wenn du kein Gespenst bist!«, fügte der dicke Eddy hinzu.

Obwohl er stark war, suchte er hinter dem Rücken seines Chefs Deckung. Der Lichtkegel der Taschenlampe erfasste Robi, der ihnen schüchtern zuwinkte.

»Guten Abend! Robi möchte Ihnen helfen!«, sagte er und machte einen Diener.

Kralle und Eddy hatten mit allem gerechnet, aber bestimmt nicht mit einem kleinen, sprechenden Blechroboter. Logisch, dass sie kein Wort rausbrachten. Stattdessen starrten sie Robi mit offenen Mündern an.

14 Zwei falsche Freunde

»Robi möchte Ihnen gerne helfen!«, wiederholte Robi und blickte abwechselnd auf Kralle und Eddy, die immer noch kein Wort rausbrachten.
»Geht es Ihnen gut?!«, fragte Robi, der sich schon Sorgen machte. Kralle fand als Erster seine Stimme wieder.
»Du bist ein echter Roboter?«, fragte er ungläubig.
»Von Kopf bis Fuß!«, lachte Robi.
»Was hast du denn so drauf?«, fragte Kralle ungläubig.
»Ich kann alles, was ein guter Roboter können muss. Ich weiß nur nicht, ob ich schwimmen kann«, fügte er etwas traurig hinzu.
»Du kommst wie gerufen! Natürlich kannst du uns helfen!«, rief Kralle und rieb sich zufrieden

die Hände. Er wusste plötzlich, wie er sein größtes Problem lösen konnte.

»Wirklich? Super!«, rief Robi erfreut und klatschte in die Hände, dass es nur so schepperte.

Endlich konnte er beweisen, dass er ein guter Roboter war.

»Moment mal!«, wandte Eddy ein, dem das

alles zu schnell ging. Er nahm Kralle beiseite.
»Werde ich nicht mehr gefragt?«, flüsterte er.
»Ich bin der Boss, ist das klar? Ich weiß genau, was ich tue«, herrschte Kralle seinen Kumpan an. Und dann grinste er höhnisch: »Der Kleine passt doch wunderbar unter der Lichtschranke der Alarmanlage durch!«
»Aber er ist ein Roboter! Und wir haben ganz schlechte Erfahrung mit Robotern! Hast du vergessen, wie uns dieser Orbi ausgetrickst hat?«
Eddy hatte nicht vergessen, dass Orbi den beiden Ganoven ziemlichen Ärger gemacht hatte.
»Aber der hier ist doch ganz anders!«, beruhigte ihn Kralle. »Der Kleine kann uns gar nicht gefährlich werden!«
Eddy schaute zu Robi rüber und musste seinem Boss recht geben. Von diesem kleinen Roboter konnte wirklich keine große Gefahr ausgehen! Wenn nur nicht Ritter Eisenfaust in der Burg wäre! Aber Eddy zog es vor zu schweigen, weil

er sich keinen Ärger mit Kralle einhandeln wollte.

»Also, wie kann Robi euch helfen?«, wollte Robi wissen. Er brannte darauf, den beiden Männern zu helfen.

»Komm erst einmal herein, Robi!«

Kralle hielt ihm die Tür auf, und Robi betrat die Hütte. Er sah einen Tisch, zwei Stühle und zwei Schlafsäcke. Auf dem Boden lagen der geklaute Getränkeautomat und daneben viele leere Flaschen.

»Warum ist der Automat kaputt?«, fragte Robi.

»Der ist uns beim Transport runtergefallen, mach dir keine Sorgen!«, log Kralle. Er wollte natürlich nicht verraten, dass er und Eddy den Automaten gestohlen hatten.

»Warum wohnt ihr in einer Holzhütte?«, fragte Robi weiter.

»Eigentlich wohnen wir in der Stadt. Hier machen wir nur Urlaub«, schwindelte Kralle. Robi brauchte nicht zu wissen, dass die beiden in die Hütte des Angelvereins eingebrochen waren.

15 Orbi sucht Robi

Aus Sorge um Robi hatten Linus und Frederike schlecht geschlafen. Zum Glück war am Samstag keine Schule, und die beiden konnten gleich nach dem Frühstück zu Orbi in den Kleingarten. Der kluge Roboter hatte bestimmt eine Idee, wie sie Robi finden würden. Und natürlich hatte Orbi über Nacht einen Plan geschmiedet. »Orbi hat in der Nacht einen Orbimaran gebaut. Damit fahren wir den Bach runter, bis wir eine Spur von Robi finden!«, sagte er und zeigte seinen Freunden seine Erfindung. Der Orbimaran war wie ein Katamaran gebaut und hatte zwei Rümpfe, die aus Brettern bestanden. In der Mitte war eine halbe Tischtennisplatte. Ein altes, verrostetes Fahrrad sorgte für den Antrieb. Da die Freunde keine Zeit verlieren wollten, trugen sie den Orbimaran zum Bach. Frederike und Linus traten abwechselnd in die Pedale, und Orbi steuerte.

»Orbi ist sicher, dass Robi den roten Eimer als Boot benutzt hat. Der fehlt im Schuppen«, sagte Kapitän Orbi, während er das Ufer nach Spuren absuchte. Über eine halbe Stunde fuhren sie schon den Bach hinunter.

»Die Fahrt könnte richtig Spaß machen, wenn ich mir nicht so viele Sorgen um Robi machen würde!«, sagte Frederike traurig.
»Wir werden ihn schon finden!«, tröstete Linus.
Und er sollte recht behalten, denn nach einer weiteren halben Stunde entdeckte Orbi etwas am Ufer.
»Da ist der rote Eimer! Vollgas voraus!«, rief er und steuerte den Orbimaran ans Ufer.
Sie legten an und gingen ans Land. Sofort schaltete Orbi seinen Lupenmodus ein und suchte den Boden wieder nach Spuren ab. Schon nach einigen Sekunden hatte er Robis Fährte aufgenommen. Schnell setzten sich die drei in Bewegung. Die Spur führte geradewegs auf die Holzhütte zu.
»Die Fußspuren enden hier«, sagte Orbi und schaute mit seinen Freunden durch das Fenster ins Innere der Anglerhütte.
»Da ist keiner!«, sagte Linus.

»Orbi wird die Hütte durchsuchen!«, sagte Orbi und ging mit Linus und Frederike hinein.
»Es haben zwei Männer hier geschlafen, die etwas zu verbergen haben! Das ist sehr verdächtig«, kombinierte Orbi.
»Wie kommst du denn darauf?«, wollte Frederike wissen.
»Dieser Getränkeautomat hier ist aufgebrochen worden. So was machen nur Einbrecher und Räuber! Und die haben sich hier versteckt!«, sagte Orbi.
»Aber wo ist Robi?«, fragte Frederike, die jeden Winkel der Hütte nach dem kleinen Roboter absuchte.
»Guckt mal, was ich gefunden habe!«, rief Linus und hob ein Flugblatt auf, das in einem der Schlafsäcke lag.
»Das ist ja ein Prospekt von Burg Grafenwald!«, sagte Frederike.
Auch Orbi warf einen Blick darauf.
»Ich kenne die Burg! Da war ich schon!«, sagte Linus.
Orbi rief in seinem Superhirn schnell sämtliche

Informationen über die Burg Grafenwald ab: »Der Raubritter Eisenfaust hatte sie vor 550 Jahren erbaut. Die Burg ist mittlerweile ein Museum. In der Schatzkammer werden die kostbaren Beutestücke des Ritters ausgestellt.«

»Ich weiß noch etwas! Der Geist von Ritter Eisenfaust soll noch in der Burg herumspuken«, sagte Linus.

»Stimmt! Als ich mal da war, hat Opa immer versucht, mich damit zu erschrecken. Aber ich glaube doch nicht an Geister und so einen Quatsch!«, lachte Frederike und winkte ab.

»Na ja, es kann doch sein, dass es Geister gibt«, gab Linus zu bedenken.

»Träum schön weiter!«, lachte Frederike und wandte sich an Orbi: »Orbi, was sagst du dazu?«

»Orbi analysiert: fünfzig Prozent der Menschen glauben an Geister und Gespenster, vierzig Prozent nicht, der Rest ist unentschieden.«

»Aber was glaubst du, Orbi?«

»Orbi wird darauf antworten, wenn er ein Gespenst sieht«, sagte Orbi und überflog den Prospekt. Dabei fiel ihm etwas auf. »Seht ihr, was Orbi sieht?«, fragte er.
»Jemand hat das Wort *Schatzkammer* unterstrichen!«, riefen Linus und Frederike gemeinsam.
»Genau! Das ist sehr, sehr verdächtig«, sagte Orbi und kratzte sich nachdenklich am Kinn.
»Was willst du damit sagen?«, fragte Linus, der Orbi kannte. Wenn Orbi ein so nachdenkliches Gesicht machte, dann war irgendwas im Busch.
»Orbi hat einen Verdacht! Es kann sein, dass Robi falsche Freunde gefunden hat«, sagte Orbi plötzlich und drängte zum Aufbruch.
»Orbi schlägt vor, zur Burg Grafenwald zu fahren!«

16 Gefangen in der Folterkammer

Orbi hatte ins Schwarze getroffen: Der ahnungslose Robi hatte, ohne es zu wissen, falsche Freunde gefunden. Kralle und Eddy wollten den kleinen Roboter ausnutzen und logen ihm ganz schön was vor.
»Pass auf, Robi, ich sage dir, wie du uns helfen kannst! Wir drehen auf der Burg einen Film, weißt du?«, sagte Kralle auf dem Weg zur Burg Grafenwald.
»Ihr seid Schauspieler? Spielt ihr Dick und Doof? Das passt sehr gut zu euch!«, lachte Robi.
»Wenn schon, dann ist Eddy dick und doof!«, knurrte Kralle. »Willst du uns jetzt helfen oder nicht?«
»Robi hat doch nur Spaß gemacht! Klar hilft

er euch, aber wo ist denn eure Filmkamera?«, fragte Robi, der die beiden nicht beleidigen wollte.

»Die kommt morgen! Heute wollen wir nur proben!«, sagte Kralle.

»Und welche Rolle habt ihr für Robi? Einen superschlauen Roboter? Das wäre toll!«, rief Robi erfreut.

»Na ja … so etwas Ähnliches«, druckste Kralle rum, »wir spielen die Einbrecher, und du sollst uns dabei helfen.«

»Ich soll den Bösen spielen? Darf ich nicht bei den Guten sein? Am liebsten würde ich einen Polizeiroboter spielen! Robi-Cop hört sich doch super an, oder?«, sagte der kleine Roboter.

»Das kannst du ja im nächsten Film! Jetzt haben wir eine andere Rolle für dich!«, meinte Eddy genervt.

Aber Robi war noch nicht überzeugt. Er konnte sich nicht vorstellen, einen bösen Roboter zu spielen.

»Willst du uns etwa im Stich lassen?«, fragte

Kralle und machte ein sehr, sehr trauriges Gesicht.

»Du bist wirklich ein guter Schauspieler, Kralle«, kommentierte Eddy beeindruckt.

Zum Glück hörte das Robi nicht.

»Natürlich hilft Robi euch! Er spielt mit!«, sagte der kleine Roboter.

Zufrieden erklärte ihm Kralle den Plan.

Am späten Nachmittag, als die Besucher die Burg verlassen hatten, schlichen sich die drei zur Schatzkammer.

Kralle schaute zu Eddy und gab das Kommando: »Und, Action!«

Daraufhin holte Eddy wieder seinen Schraubendreher hervor und machte kurzen Prozess mit dem Schloss.

»Aber ihr könnt ja alles alleine! Robi dachte, er soll euch helfen!«, sagte Robi enttäuscht, als Eddy die Tür aufmachte.

»Geduld, Kleiner! Hier drin kannst du zeigen, was du kannst!«, antwortete Kralle. Er zeigte Robi die roten Lichtstrahlen in der Schatzkammer.

»Siehst du die Lichter? Das ist eine Alarmanlage. Wenn die Lichtstrahlen uns berühren, dann wird der Alarm ausgelöst«, erklärte Kralle.

»Aber wenn das ein Film ist, dann ist das ja gar keine echte Alarmanlage«, fiel Robi ein.

»Habe ich doch gesagt, dass das eine doofe Idee war mit dem Film! Lass uns abhauen«, platzte es aus Eddy heraus. Ihm war es sowieso nicht recht, dass sie wieder in der Burg waren. Er hatte noch immer Angst vor dem Gespenst des Ritters.

»Halt die Klappe, du Teebeutel!«,

schimpfte Kralle und verpasste Eddy eine Kopfnuss.

»Warum schlägst du deinen Freund?«, fragte Robi.

»Keine Sorge, das gehört zum Film«, beruhigte ihn Kralle und zeigte auf die Lichtschranken: »Wir üben mit einer echten Alarmanlage, damit nachher alles richtig echt aussieht. Bist du bereit? Dein Einsatz wartet!«

Robi nickte unsicher. Ihm kam das alles etwas komisch vor. Aber er wollte ja alles richtig machen, und deswegen stellte er auch keine weiteren Fragen.

»Du kriechst jetzt unter den Lichtstrahlen durch. Und zwar bis zu dem Kasten an der Wand da! Da drin ist ein Schalter, den musst du ausschalten«, erklärte Kralle.
»Das schafft Robi!«, sagte Robi.
»Okay. Dann fangen wir an. Und, Action!«, sagte Kralle.
Robi kroch geschickt auf allen vieren unter den Lichtstrahlen durch, bis er an den Schalter kam. Er öffnete den Kasten und schaltete die Alarmanlage aus. Sofort verschwanden die Lichtstrahlen in der Schatzkammer.
»Wahnsinn! Der kleine Blechwilli ist Gold wert!«, jubelte Eddy und vergaß für einen Moment Ritter Eisenbart. Er eilte mit Kralle in die Schatzkammer und genoss den Anblick der vielen Kostbarkeiten. In den Glaskästen befanden sich Schmuck, Perlen, Goldmünzen und sogar zwei Kronen! Im Unterschied zu den beiden Ganoven hatte der kleine Robi keine Augen für das viele Gold. Er wollte nur wissen, ob sie zufrieden mit ihm waren.

»War Robi gut, oder soll er das wiederholen?«, fragte Robi.

»Du warst super!«, sagte Kralle und rieb sich vor Freude die Hände. Beim Anblick des Schmucks lief ihm das Wasser im Mund zusammen.

»Wir haben es geschafft!«

»Wenn wir das Zeug verhökern, sind wir Millionäre und setzen uns zur Ruhe!« Kralle und Eddy klatschten sich zufrieden ab.

»Aber ihr werdet doch geschnappt!«, sagte Robi, der nicht verstand, warum die beiden jubelten.

»Wie kommst du denn darauf?«, fragte Kralle.

»Weil in jedem Film die Räuber geschnappt werden!«, antwortete Robi und nickte eifrig.

»Das hier ist aber gar kein Film«, grinste Kralle.

Eddy holte einen Hammer aus seiner Tasche heraus und zerschlug damit einen der Glaskästen. Es machte *Bäng!,* und es klirrte.

Robi musste sich die Ohren zuhalten und war sehr überrascht. »Das ist kein Film? Was denn dann?«

»Na was wohl?!«, grinste Eddy und sammelte die Goldmünzen ein.

»Seid ihr etwa richtige Einbrecher?«, fragte Robi und griff nach Kralles Hand.

»Lass mich los, du Blechdose!«, rief Kralle und schüttelte Robi ab.

Der kleine Roboter wusste jetzt, dass die beiden ihn angelogen hatten. Sie hatten ihn ausgenutzt!

»Ihr seid echte Einbrecher! Und Robi hat euch geholfen!«, rief er entsetzt. Wie hatte er nur so auf die beiden hereinfallen können?

»Der Groschen fällt aber spät!«, riefen die Ganoven und lachten den kleinen Roboter aus. Das war ganz schön fies! Aber Robi dachte nicht daran, sich das gefallen zu lassen.

»Robi ruft sofort die Polizei!«, rief der kleine Roboter und rannte weg, so schnell er konnte.

»Hiergeblieben!«, brüllten Eddy und Kralle und eilten hinterher. Robis Flucht war schon

nach wenigen Metern zu Ende, weil die beiden viel schneller waren als der kleine Roboter.
»Was machen wir denn mit ihm?«, fragte Eddy, während Robi laut um Hilfe rief und hilflos mit seinen kleinen Füßen und Armen zappelte.
»Bring ihn in die Folterkammer und sperr ihn dort ein! Inzwischen sammle ich den Schmuck ein!«, befahl Kralle.
»Aber die Folterkammer ist im Keller! Dort ist es unheimlich, das muss ich nicht haben!«, sagte Eddy und schüttelte den Kopf.
»Angsthase!«, polterte Kralle und gab Eddy einen saftigen Tritt in den Hintern.
Wütend schnappte er sich Robi und trug ihn die Treppen runter in die Folterkammer. Der arme Robi wehrte sich zwar nach Leibeskräften, aber es half nichts. Gegen Kralle hatte er keine Chance.
»Ich sperre dich in die Folterkammer!«, lachte Kralle.
»Aua, du tust Robi weh!«, rief Robi, und sein Roboterherz klopfte aufgeregt.
»Mal sehen, wie lange du es aushältst, ohne

dir vor Angst in die Blechhosen zu machen«, zischte Kralle boshaft und sperrte Robi in die Kammer ein.

Robi blieb alleine zurück. In der Folterkammer war es dunkel und kalt und ziemlich gruselig. Wäre er nur nicht ausgebüxt!

»Hilf! Orbi!«, rief Robi in die Dunkelheit.
»Frederike? Linus!«

Ob ihn seine Freunde hier finden würden?

17 Orbi löst das Problem!

Natürlich konnte sich Robi auf seine Freunde verlassen. Während er in der Folterkammer ausharren musste, tauchten Orbi, Linus und Frederike vor der Burg auf. Der schlaue Roboter im Orbikopter, die anderen auf ihren Fahrrädern.
»Wir müssen die Burg durchsuchen!«, sagte Orbi, aber dann entdeckte er zwei Männer, die aus der Burg schlichen.
»In Deckung!«, flüsterte Orbi und suchte mit seinen beiden Freunden hinter den zwei Prangerblöcken Schutz, die neben dem Eingang standen.
Sie sahen, wie Eddy und Kralle mit zwei Säcken zu dem Lieferwagen gingen.
»Hey, die beiden Typen kennen wir doch!«, flüsterte Linus aufgeregt.

»Das sind Eddy und Kralle!«, raunte Frederike, und Orbi nickte zustimmend.

Die Freunde konnten sich ganz gut an die beiden Ganoven erinnern, die sie schon einmal bei einem Einbruch erwischt hatten.

»Sie haben wohl ihre Strafe abgesessen und arbeiten wieder als Einbrecher! Sie haben aus ihrer Bestrafung nichts gelernt!« Orbi schüttelte ärgerlich seinen Roboterkopf.

»Aber wo ist Robi?«, fragte Linus.

»Orbi vermutet, dass die Ganoven ihn gezwungen haben, ihnen zu helfen«, kombinierte Orbi und beobachtete, wie die beiden Verbrecher wieder in die Burg schlichen.

»Und wo ist er? Er muss noch in der Burg sein«, sagte Frederike ungeduldig.

»Wir werden ihn finden!«, sagte Orbi.

Die drei Freunde eilten in die Burg. Sie schlichen sich durch den großen Rittersaal und hielten nach Robi Ausschau.

»Orbi fragt sich, wo die Ganoven Robi einsperren würden?«, flüsterte der Roboter.

Die Antwort kam prompt, denn an der Treppe sahen sie ein Schild: *Zur Folterkammer.* Ein Pfeil zeigte nach unten.
Alle drei hatten denselben Verdacht, und ohne etwas zu sagen, eilten sie die Treppe runter.
»Huhu! Orbi? Kann mir irgendjemand helfen?«, hörten sie schon von weitem Robis Stimme. Die Tür war zwar verschlossen, aber das war kein Problem für Orbi. Er benutzte seinen Metallfinger wie einen Schraubendreher und schraubte in null Komma nichts das Schloss ab.
»Da seid ihr ja!«, rief Robi erleichtert und fiel Orbi um den Hals.
»Hey, Robi, geht's dir gut?«, erkundigte Linus sich besorgt.
»Alles im grünen Bereich«,

antwortete Robi. Dann erzählte er, was er mit den beiden Ganoven erlebt hatte. Dabei ließ er nichts aus und gab traurig zu, dass er auf sie hereingefallen war.

»Das wäre uns auch passiert, wenn sie uns das Märchen mit dem Film erzählt hätten«, sagte Frederike, und Linus nickte eifrig.

»Du warst sehr tapfer!«, lobte Orbi.

Dem kleinen Roboter gefielen die Komplimente seiner Freunde, sie gingen runter wie Öl.

»Ach ja, und was den Kuchen angeht: Lola hatte das Fenster aufgestoßen und den Teig runtergeworfen! Das war nicht deine Schuld!«, sagte Frederike, und Linus fügte hinzu: »Und selbst wenn! So etwas passiert jedem mal. Freunde bleiben trotzdem Freunde. Bitte lauf nie wieder fort.«

»Und dein Teig hat Linus sehr gut geschmeckt, nicht wahr?«, meinte Orbi.

»Der war total lecker! Daraus wäre ein superleckerer Kuchen geworden!«, lobte Linus, und dabei log er nicht einmal.

»Wirklich?«, fragte Robi. »Aber ihr sollt stolz auf Robi sein.«
»Das sind wir doch!«, rief Frederike.
»Wir müssen uns noch um Kralle und Eddy kümmern! Die sollen nicht ungestraft davonkommen«, sagte Orbi plötzlich.
»Wir sind dabei!«, riefen seine drei Freunde.
»Robi hat auch eine Idee, wie wir die beiden zur Strecke bringen können!«, rief Robi und seine Augen funkelten wie Glühwürmchen.
Die Freunde schauten ihn neugierig an.
»Eddy glaubt an Gespenster! Er denkt, dass Ritter Eisenfaust sich rächen wird, wenn man ihm seine Juwelen klaut«, sagte er, und dann erzählte er seinen Plan.

18 Mit Ritter Eisenfaust ist nicht zu spaßen

Kralle und Eddy ahnten nicht, dass Orbi und seine Freunde den kleinen Robi befreit hatten. Sie packten zufrieden die letzten Goldmünzen ein.

»Die Schatzkammer ist leer! Und jetzt ab durch die Mitte!«, rief Eddy zufrieden.

»Erst wenn der Lieferwagen voll ist, hauen wir ab! Ein guter Ganove bekommt niemals den Hals voll! Er muss gierig sein und so viel wie möglich klauen!«, sagte Kralle, während er im Rittersaal nach weiterer Beute Ausschau hielt.

Normalerweise hätte ihm Eddy recht gegeben, aber in diesem Fall lag die Sache anders. Er wollte so schnell wie möglich weg von der unheimlichen Ritterburg.

»Wir haben doch schon genug geklaut!«, sagte er und blickte ängstlich auf das große Bild von Ritter Eisenfaust. Er hatte immer noch Angst, dass Eisenfaust auftauchen und beide bestrafen würde. Doch das Bild machte Kralle keine Angst, im Gegenteil!
»Tolle Idee! Wir klauen das Bild von Mister Eisenfaust! Alte Gemälde sind immer wertvoll!«, rief Kralle und rieb sich gierig die Hände.
»Lass uns lieber ein anderes nehmen! Ritter Eisenfaust wird sehr wütend sein, wenn wir sein Bild klauen!«, schlug Eddy vor.
»Fängst du schon wieder mit den Spukgeschichten an, du Angsthase!«, sagte Kralle und gab seinem Komplizen eine Kopfnuss.
»Autsch! Ist ja gut, ist ja gut!«, stöhnte Eddy und half Kralle, das Bild von der Wand abzuhängen. Sie wollten es gerade nach draußen bringen, da hörten sie ein seltsames Geräusch. Es schepperte!
»Was war das?«, fragte Eddy.

»Ist halt ein altes Gemäuer. Da pfeift der Wind durch!«, meinte Kralle.

Trotzdem drehte sich Eddy um. Das hatte sich überhaupt nicht wie Wind angehört!

Hinter ihm stand eine alte Ritterrüstung.

»Du … Kralle? Der Ri-ri-ritter da hinten an der Treppe … der ha-hat sich … be-be-bewegt!«, stotterte er.

»Das ist doch nur die olle Ritterrüstung vom Eisenfaust! Wie soll die sich bewegen? Los, weiter!«, befahl Kralle.

Eddy zwang sich, nicht mehr hinter sich zu schauen, und so sahen die beiden Einbrecher nicht, dass die Rüstung sie langsam verfolgte. Bis es hinter ihnen laut schepperte.

Erschrocken drehte Kralle sich um. Da stand die Ritterrüstung wieder! Kralle kratzte sich verwundert am Kopf.

»Stand die Rüstung vorhin nicht an der Treppe?«

»Das ist der Ritter Eisenbart! Der verfolgt uns, Kralle!«, sagte Eddy mit hochrotem Kopf.

»Du siehst Gespenster!«, winkte Kralle ab.

»Natürlich sehe ich Gespenster! Das ist Ritter Eisenfaust!«, krächzte Eddy.

»Spinner! Lass uns das Bild zum Auto schleppen!«, schimpfte Kralle.

Beide gingen wieder los. Doch nun war sogar Kralle etwas unruhig geworden. Unterwegs blieb er mehrmals stehen und drehte sich um. Jedes Mal sah er die Ritterrüstung hinter sich. Das ging doch nicht mit rechten Dingen zu! Ob Eddy recht hatte? Wurden sie verfolgt? Von einer Ritterrüstung?

»Siehst du? Vorhin stand er dahinten, und jetzt steht er hier. Er verfolgt uns heimlich!«, meinte Eddy leise.

»Du redest Blech! Ich werde dir beweisen, dass das eine ganz normale Rüstung ist und kein Gespenst!«, sagte Kralle und ging entschlossen auf die Ritterrüstung zu.

Aber je näher er kam, desto langsamer wurde er. Und dann stand er direkt vor der unheimlichen Blechgestalt. Nichts passierte.

»Siehst du? Es ist nur eine Rüstung!«, lachte er erleichtert, drehte sich zu seinem Kumpan um und winkte ihm zu. Deshalb sah er nicht, was Eddy sah: Der Ritter bewegte seinen Arm und zeigte ihm hinter seinem Rücken einen Vogel.

»Der ... der ... Ritter! Z-z-zeigt dir d-d-en ... Vo-vo-gel!«, rief Eddy käsebleich.

Kralle kapierte nicht, was sein Freund meinte. Aber dann tippte ihm jemand auf die Schulter. Kralle drehte sich ganz, ganz langsam um. Entgeistert sah er auf den Ritter.

»Ich bin Ritter Eisenfaust! Ihr habt meinen Schatz gestohlen!«, hörte er plötzlich eine tiefe Stimme.
»Hilfe! Hilfe!«, brüllte Kralle wie von der Tarantel gestochen. Und dann lief er um sein Leben! Natürlich gab auch Eddy Fersengeld.
Doch sie hatten einen Verfolger: Ritter Eisenfaust, der ihnen langsam und bedrohlich im *Scheppertempo* folgte.

Die beiden Ganoven ahnten nicht, dass Orbi hinter dem Spuk steckte. Er steuerte das »Gespenst« in der Ritterrüstung mit einer Fernbedienung. Die hatte er sich aus dem Kassenhäuschen geliehen, wo ein Fernseher stand. Der kleine Robi hatte ihn auf die Idee gebracht, weil er wusste, dass Eddy ziemlichen Bammel vor Gespenstern hatte.

Eddy und Kralle rannten im Galopp zum Lieferwagen und stiegen ein.

»Nichts wie weg hier!«, kommandierte Kralle und gab Gas. Doch das Auto wollte nicht, wie er wollte. Es fuhr nicht! Wie auch? Orbi hatte den halben Motor ausgebaut und in die Ritterrüstung eingebaut.

»Die Kiste springt nicht an! Schnell raus hier!«, befahl Kralle und sprang aus dem Auto.

Der dicke Eddy krabbelte hinter seinem Boss her. Aber wo sollten die beiden Ganoven jetzt hinlaufen? In die Burg zurück konnten sie nicht, weil sie nicht Ritter Eisenfaust begegnen wollten. Kralle entschied sich für eine steile Treppe, die auf die Burgmauer führte.

»Die Treppe hoch!«, schrie er und stürmte vor.

Doch beim Weg auf die Zinne wurden die beiden bereits erwartet. Und zwar von einem Knappen mit Ritterhelm und einem Burgfräulein im langen Samtkleid. Knappe Linus und Burgfräulein Frederike zielten mit einem Katapult auf die beiden Ganoven. Die Munition bestand aus dicken Kartoffeln, die sich Linus und Frederike aus der Küche ausgeliehen hatten. Und dann schwirrte eine dicke Kartoffel auf den Kopf von Kralle.

»Aua!«, brüllte Kralle und fasste sich an den Kopf.

Eine Sekunde später flog eine zweite Kartoffel los.

»Autsch!«, brüllte Eddy und fasste sich auch an den Kopf.

Dann purzelten sie beide die Treppe runter.

»Wir ergeben uns, Ritter Eisenfaust!«, wimmerte Eddy, während er sich aufrappelte. Dabei rieb er sich stöhnend die Beule. Da machte es *Klong!*, und eine dritte Kartoffel traf ihn auf den Schädel. Nun fiel Eddy wie ein Sack zu Boden und befand sich schnell im Reich der Träume.

Kralle dagegen wollte flüchten. Er rannte an der Burgmauer entlang, suchte verzweifelt nach einem zweiten Ausgang und bemerkte Robi nicht, der ihn vom Wehrturm aus beobachtete. Als Kralle genau unter ihm stand, nahm der kleine Roboter einen Ritterhelm und zielte! Dann ließ er ihn fallen. Der Helm sauste nach unten und *Schwupps!* flutschte er genau über Kralles Kopf.

»Passt wie angegossen«, kicherte Robi, als das Visier nach unten fiel und Kralle nichts mehr sehen konnte. Der Ganove stolperte wie beim Blinde-Kuh-Spiel kreuz und quer über den Hof, bis er schließlich gegen die Burgmauer knallte. Nun machte es bei ihm *Klong*! Auch er fiel wie ein Sack zu Boden.

»Ritter Eisenfaust und seine Freunde haben den beiden Raubrittern Kralle und Eddy eine Lektion erteilt. Sie sind k. o.!«, lachte Orbi zufrieden.

»Was machen wir mit den beiden?«, fragte Burgfräulein Frederike, die mit dem Knappen Linus und Robi herbeigeeilt war.
»Sie werden gleich aufwachen. Schnell an den Pranger mit ihnen!«, sagte Orbi.
Schnell machten die Freunde sich an die Arbeit. Die beiden Ganoven landeten am Pranger, und Linus rief die Polizei an.
Als die Polizei auftauchte, staunten die Beamten nicht schlecht, als sie Kralle und Eddy am Pranger vorfanden.
»Wir geben alles zu! Wir legen ein Geständnis ab! Aber bringen Sie uns hier weg! Wir wollen Ritter Eisenfaust nicht wiederbegegnen!«, rief Kralle, der jetzt felsenfest überzeugt war, dass es in der Burg spukte.
»Hättest du nur auf mich gehört! Lieber kleine Brötchen klauen als wieder in den Knast!«, sagte Eddy wütend.
Es versteht sich von selbst, dass der Gefängnisdirektor Herr Hantelmann ziemlich entsetzt war, als seine beiden Lieblingshäftlinge wieder eingeliefert wurden.

»Jetzt muss ich mich wieder mit euch herumschlagen!«, schimpfte er.
Orbi und seinen Freunden war das total egal. Sie waren froh, dass das Abenteuer so gut ausgegangen war.
»Ich werde nie mehr wegrennen!«, versprach Robi, während er seinen Freunden einen leckeren Marmorkuchen servierte. Und weil er nicht nachtragend war, bekam die Katze Lola eine Extraportion Milch.